書下ろし

おかげ参り

天下泰平かぶき旅②

井川香四郎

祥伝社文庫

目次

東海道
江戸
袋井宿
伊勢神宮
三河
遠江
秋葉神社
小夜の中山
浜名湖
吉田
府中
島田
相良
白須賀
新居
舞阪
浜松
天龍川
見附
袋井
掛川
日坂

「おかげ参り」の道中

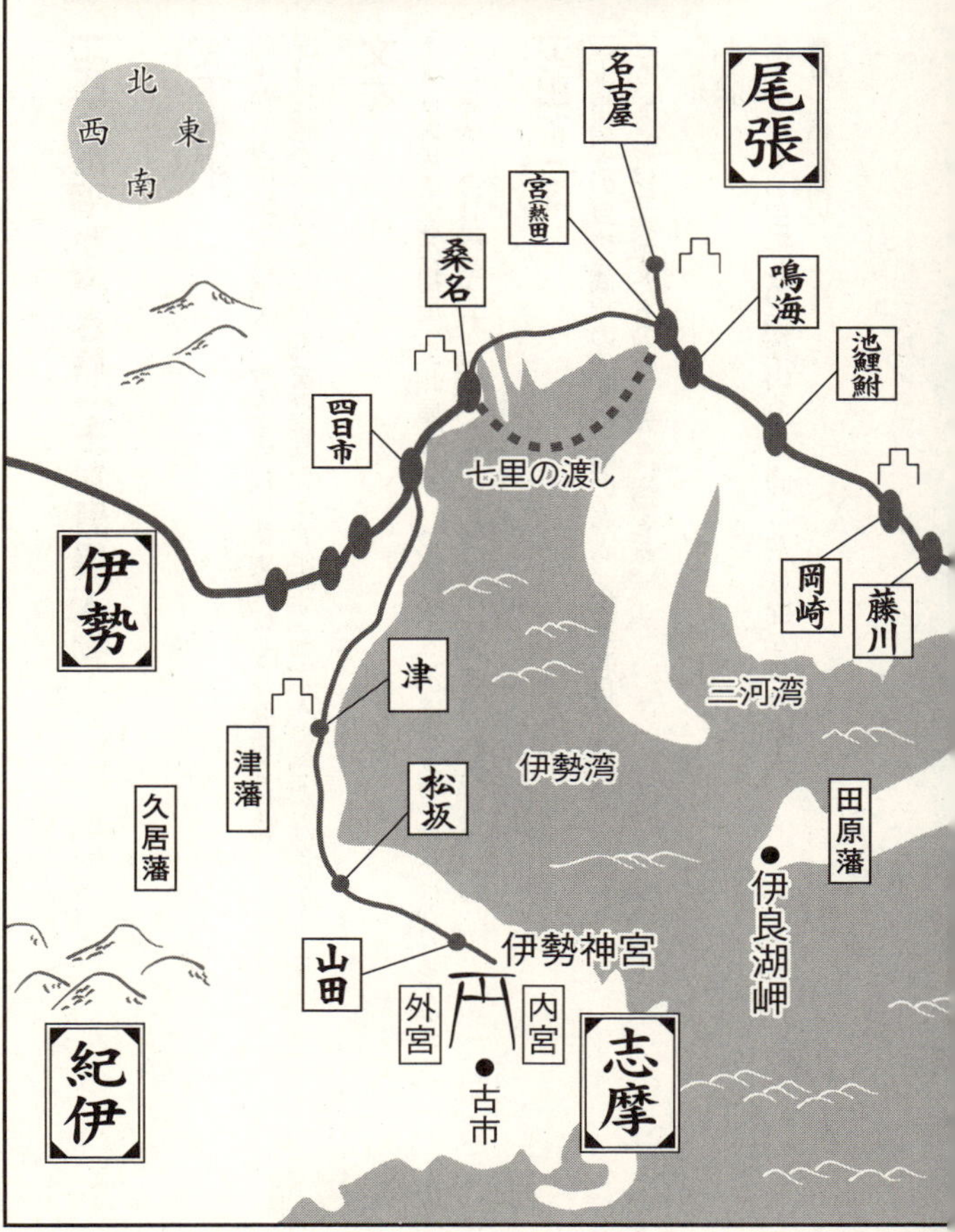
北
西
東
南
尾張
名古屋
宮(熱田)
桑名
鳴海
池鯉鮒
四日市
七里の渡し
伊勢
岡崎
藤川
津
三河湾
津藩
伊勢湾
松坂
久居藩
田原藩
伊良湖岬
伊勢神宮
山田
外宮
内宮
志摩
古市
紀伊

「天下泰平かぶき旅」主な登場人物

天下泰平《てんかたいへい》

四十がらみの謎の素浪人。身の丈六尺の偉丈夫《いじょうふ》にして、鷹揚《おうよう》な性格。
元は埋蔵金や先人が残した書画骨董を探し出す「お宝人」だったというが……？

文左《ぶんざ》

実家は大坂・天満の掛屋「泉州屋」だが、〝あぶの文左〟の通り名で、悪さばかりしていた
どら息子。今は勘当され、天下一の商人になるべく旅をしている。

河田正一郎《かわだしょういちろう》

三十路《みそじ》過ぎの自称・武州の浪人で、槍《やり》の名人。生真面目な性格。
どういうわけか泰平たちの行く先々に現れる。

お藤《ふじ》

天下泰平をお宝探しの旅に出るよう唆《そそのか》した、妖艶な女旅芸人。
意外と情に篤《あつ》い。

第一話　月夜の嫁

一

袋井《ふくろい》宿に着いたときには、すっかり夜は更けたものの、煌々《こうこう》と照る満月で、宿場の通りはくっきり影が出るほど明るかった。だが、宿という宿は表戸を閉めており、茶店や居酒屋も暖簾《のれん》を下ろし、人っ子ひとりいなかった。

「今宵《こよい》は中秋の名月。祭の夜市などもあると聞いていたが、この静けさはどういうことでしょうねえ、旦那《だんな》」

すっかり三度笠姿が板についた〝あぶの文左《ぶんざ》〟が振り返ると、ぶらぶらと懐《ふところ》手《で》の野袴《のばかま》の浪人・天下泰平《てんかたいへい》も、

「そうだな……なんだか、肩透かしだな」

と呟《つぶや》いた。

二人とも、〝お宝探し〟とはいえ、あてのない旅も同然である。江戸の「伊勢《いせ》屋」から買い取った幕府の隠し財宝を記した絵図面を頼りに旅立ったものの、謎の女お藤《ふじ》に絵図面を持って行かれてしまったので、記憶と勘を頼りにのんびり東海道を西へ向かっていた。ゆえに立ち寄る先々で、土地の美味《うま》いものを食べて、伝統芸能を楽しみ

ながらの遊山《ゆさん》気取りだったのだが、この袋井は軒提灯《のきぢょうちん》どころか辻灯籠《つじどうろう》すら灯がないのは不気味だった。

　これまで東海道を府中《ふちゅう》、島田《しまだ》、日坂《にっさか》、掛川《かけがわ》と旅してきたが、いずれも趣《おもむき》のある宿場だった。もっとも肝心要《かんじんかなめ》の〝お宝〟は、めぼしいのに当たらなかったが、気儘《きまま》旅だから、そうした〝当たり外れ〟も楽しんでいた。

　原野谷《はらのや》川にかかる同心《どうしん》橋を越えた頃から、腹の虫が鳴いている。美しい松並木を眺めながら、宿に着いたら一杯やりたいと喉《のど》をからからにしていたのに、町の灯がないのには、がっくりと肩が落ちた。

「浜松《はままつ》の方では、一晩中、暗闇に潜《ひそ》んでいる〝くらやみ祭〟があると聞いたことがあるが……そういや、ここに来る途中も、どこの家にも明かりがないし、声も聞こえなかった……不気味なくらいだ」

「旦那の言うとおりで……それにしても、何か訳でもあるんですかねえ」

「ふむ……」

「変わった祭は、あちこちにあるとはいえ、ねえ、折角《せっかく》の満月なのに」

　文左がもう一度、空を見上げたとき、

　――ヒュン。

鋭く空を切る音がして、白羽の矢がブスッと、とある商家の表戸に突き立った。

萬《よろず》問屋『三州屋《さんしゅう》』と軒看板があった。

白羽の矢が飛来した途端、どこに隠れていたのか、数人の狐《きつね》面を被った白装束の修験者《しゅげんじゃ》のような姿をした者たちが現れ出てきて、

「出て参れ、出て参れ！　今宵《こよい》の夜伽《よとぎ》は、当家でござる！　さあさ、出て参れ！　天《てん》神《じん》様にお連れ致すぞよ！」

と声明《しょうみょう》でも唱えるように声をかけた。

潜《くぐ》り戸から出てきた中年夫婦は、狐面の修験者たちの姿を見るなり、

「どうか、ご勘弁下さい。うちの娘、お佳《けい》はまだ十六。年端《としは》もゆかず、ろくなことができませせぬ。天神様にお仕えすることなど、到底、できませせぬ」

「黙らっしゃい！　古来より、誰もがみな、行ってきたことじゃ。村のため、宿場のためなのだ。おまえの家だけが免《まぬか》れようとは、心得違いもはなはだしい。さあ、娘を差し出せ、さあ、差し出せえ！」

芝居がかった声と見得《みえ》で、狐面が声を揃《そろ》えて言うと、花かんざしをつけて、綺麗に着飾った美しい娘が、ゆっくりと出てきた。そして、悲しみの中にも穏やかな笑みを浮かべて、

「お父っつぁん、おっ母さん……どうか泣かないで下さい。私は、きちんとお務めに参ります。でないと……でないと、みんなが困ります。私は覚悟ができていました。こうして、白羽の矢が立ったのですから、潔《いさぎよ》く……この月夜の下、天神様のもとに嫁に参りたいと思います」

言い終わらぬうちに、狐面の男たちは、まるで棺桶《かんおけ》のような駕籠《かご》に、娘を押し込むように入れて担《かつ》ぐと、エッホエッホと駆《か》けだした。その行いは、まるで段取りをしていたかのように淀《よど》みなかった。

袋井宿は東海道の中では、最も距離の短い宿場町だということだが、宿の入口は左右に枡《ます》形があり、少し複雑な町並みになっている。いにしえから、宿場として栄えており、駿河《するが》、遠江《とおとうみ》を支配する徳川《とくがわ》家の重要な土地柄ゆえ、外敵から守りやすいように整備されていたからだ。

娘を乗せた駕籠は田代本陣《たしろほんじん》の前を通り過ぎると、そのまま宿場を出て、木原《きはら》の一里塚を過ぎて、許禰《こね》神社まで行くらしい。

店先で俯《うつぶ》したまま、ううっと泣き続ける娘の二親《ふたおや》に、泰平と文左は近づいた。

「これは、何の祭だい？」

文左が訊《き》くと、父親は涙を拭《ぬぐ》いながら、

「祭……？」

「じゃないのかい」

「──余所様《よそ》には関わりないことですよ」

悲しみと怒りが入り混じった顔になって、父親は吐き出すように、

「娘は……人身御供《ひとみごくう》にされたんだ。ああ、もう、二度と帰ってくることがないんだ」

と怨《うら》めしげに、表戸に突き立ったままの白羽の矢を振り返った。

泰平はその矢を抜き取ると、鏃《やじり》が鋭く尖《とが》っているのを見て、

「人を殺傷《さつしよう》するのに充分な矢だな。祭の出し物じゃないとすると、今のはもしかして、本当の人さらいか？」

「…………」

「訳があるなら話してみなさい。ご覧のとおり素浪人だが、何か手助けができるかもしれぬ」

親切そうな顔つきで泰平が言うと、文左が後押しするように、

「そうですぜ、ご主人。この旦那はバカがつくくらいのお節介でしてね、困った人を見ると首を突っ込まなきゃ気が済まないンですよ。またぞろ、悪い代官とかに苛《いじ》められてるんじゃないのかい？　酷《ひど》い目に遭《あ》ってる人は、旅の先々で沢山見てきたんだ」

「とんでもない。ここの領主様は優しい人で、私たちのような弱い者を苛めたりしません。だから、御家老様も郡《こおり》奉行様も、本当にいい方ばかりです」

その褒《ほ》めようが、泰平には少々気になった。善政を敷いていたとしても、不満があるのが住人というものだからである。とはいえ、東海道の防衛の役目がある掛川藩は、徳川家にとって最も重要な拠点である駿府《すんぷ》城の「櫓《やぐら》」のような存在であった。

掛川城下は、かの山内一豊《やまのうちかずとよ》が入封した後、造り上げたもので、その後は徳川譜代の大名が領主として支配を任されてきた。ゆえに、仁政が敷かれており、郡奉行らも精鋭の人物が選ばれていた。主人が悪政に苦しむなどと言うはずがなかった。

しかし、現に娘が拐《かどわ》かし同然に連れ去られた。主人の話では神事とのことだが、元禄《げんろく》の世の中、生娘《きむすめ》を天神様に差し出すなどとは、馬鹿《ばか》げた話である。

「本当に娘が生《い》け贄《にえ》にされているのか？」

「はい。そうでございます」

主人は三州屋五衛門《ごえもん》といい、農繁期は自分の田畑で野良《のら》作業をしているという。当時、農家は作物を作るだけではなく、入会地《いりあいち》に自生する竹や雑木などを伐《き》り取って、様々な細工物を作ったり、穀物で作った菓子類などを宿場の店に売って、暮らしの足しにしていた。

五衛門は学識もある大地主の庄屋だったから、自ら宿場で萬問屋を出して、村々から集まったものを一手に引き受けて商い、万が一の飢饉《ききん》や水害などのときのために、儲《もう》けを積み立てているのである。すべては村のためであった。

そうした努力の他に、この数年、満月の夜には、白羽の矢の立った家が若くて美しい娘を生け贄として差し出すことによって、村が天災から救われてきたのである。事実、近在の村の田畑が豪雨で流されたときも、五衛門の村だけは助かった。だから、今は、他の村々にも、白羽の矢が立つことがある。

「満月の夜に……か」

泰平が訝《いぶか》しげに訊くと、五衛門はふたりを店の土間に招き入れてから、

「昔から、伝わっていることです……ただ、昔は年に一度だけでした。若い娘がいる家は、覚悟をしておかねばなりません」

「覚悟、な……」

「はい。しかも、器量よしばかり狙《ねら》われるので、中には黙って、村から出ていく者もおりました。そりゃ、そうです。親ならば、おめおめと……でも、そんなことしたら、今まで犠牲になってきた者たちに申し訳ない。宿場や村の者への面子《めんつ》も立ちませんん」

「とんでもない慣わしだな」

文左はこの地に伝わる〝悉平太郎《しっぺいたろう》の犬伝説〟を思い出していた。

化け物が村娘を白木の棺《ひつぎ》に入れて連れ去るというものだ。が、「信州信濃《しんしゅうしなの》の悉平太郎には報《しら》せるなよ」という言葉を聞いた旅の僧侶《そうりょ》は、その人物を探して、化け物を退治して貰《もら》おうと思うが、それは人ではなく、ただの犬だったのだ。

しかし、成り行きで、その犬を連れ帰った僧侶は、娘の代わりに犬を入れたところ、怪物と猛然と戦い、そのために犬は命を落とした。だが、化け物退治ができたため、人身御供はなくなった。その喜びを表したのが、地元に伝わる裸踊りだという。

「なるほど……ならば、文左。今度は俺たちが、その悉平太郎とやらに成り代わって、鬼退治、化け物退治といくか」

朗々《ろうろう》と笑う泰平に、文左は腰が引けて、

「ま、ま、待って下さいよ、旦那。何も化け物を相手にすることたアない。だって、その強い犬だって死んだンだろう？　ねえ、旦那。今の話はやっぱり聞かなかったことにして、先を急ぎましょう」

「別に急ぎ旅じゃないが？　それに文左。おまえは、今しがた、人助けをすると誓《ちか》ったばかりではないか」

「いや、あっしは、旦那がお節介焼きだと言っただけで。では、これにて」

逃げ出そうとするので、文左の後ろ襟《えり》を摑《つか》んだ泰平は上《あ》がり框《がまち》に座らせて、耳元にそっと囁《ささや》いた。

「娘を連れ去ったという許禰神社には、戦国武将だった今川《いまがわ》氏のお宝が眠っている。ここは元々、今川家の所領地。徳川が掛川を奪ったとき、隠したものがあるのだ」

「……ほ、ほんまか？」

「ああ。嘘《うそ》ではない。それに……何かぷんぷん臭わぬか？　狐の化け物が満月の夜毎《よごと》に、生娘をさらう。どう考えても、神様への人身御供ではあるまい。しかも、昔化け物を悉平太郎がやっつけたのなら尚更《なおさら》だ」

「そ、そやなあ……そやしい……」

ふたりがぶつぶつ言っているのを見ていた五衛門に、泰平は振り返るなり、

「娘さんは必ず助け出してみせますよ。幽霊や化け物の類《たぐい》は信じない方ではないが、どうも引っかかることがある。そもそも、満月の夜が雨ならば、天神様はどうするのだ？」

「その日は……来ません……」

「なるほど、分かった」

しかと頷《うなず》いた泰平に、文左は不思議そうに首を傾《かし》げて、

「何が分かったんです、旦那」

「そう一々、詮索するな」

「別にしてませんよ。どういう意味かなあって」

「ふむ。少なくとも化け物の仕業《しわざ》じゃあるまい。化け物が面をつけたり、矢を放ったりするものか。あれは人間だ。なあ、文左。この世の中で一番恐いのは人だってこと、これまでの旅でも分かっただろうが」

したり顔で頷くと、文左も相槌《あいづち》を打つしかなかった。

店の表では、煌々と満月が照り続けていた。

二

すっと突き出した九尺（約二・七メートル）の槍《やり》の穂先に、ひらりと飛んできたとんぼが止まった。微動だにしない穂先に、とんぼは長らく止まったままだった。

「…………」

無言のまま槍を握り、河田正一郎《かわだしょういちろう》は対峙《たいじ》する浪人を見据えていた。

どこかで水音がする。コツンと鹿威《ししおど》しが鳴った。

だが、河田の槍はまったく揺れない。その不動の構えに、浪人がふうっと溜息をついたとき、とんぼが羽音を立てて飛び立った。それに目を奪われた瞬間、浪人の喉元に穂先が伸びてきた。

「それまで!」

声があって、縁側で見ていた阪崎義八《さかざきぎはち》が立ち上がった。

「勝負あった。それまで、それまで……」

浪人は一瞬、不満そうな顔になったが、阪崎は穏やかな日射しのような目を向けて、

「そこもとも共に雇うから、心配なさるな、岩村《いわむら》殿」

岩村と呼ばれた浪人は刀を鞘《さや》に戻しながら、

「情けは無用だ。負けは認めるが、とんぼが飛んでこなければ、私の方が一手早かったはず」

「だが、とんぼは飛んできた。それが勝負のアヤというものですかな。とまれ、おふたりとも、これからしばらくは、我が掛川藩のため、ご尽力《じんりょく》いただきたい」

阪崎は丁寧に頭を下げた。岩村は少し不満げな苦笑を漏らしたものの、素直に引き

受けた河田と張り合っても仕方がないと思ったのか、こくりと頷いた。

「それにしても、阪崎殿……」

と岩村は声をかけた。

「日当にして、一両の報酬は高すぎるのではないか？　つまりは我らの命を買うということかな」

「危ない仕事であることは間違いない。だが、そこもとらの腕前ならば、取るに足らぬことやもしれぬ」

真顔で答えた阪崎に、今度は正一郎が尋ねた。

「郡奉行の阪崎殿が憂《うれ》えているというのは、一体、何でござる。見たところ、領内は隣接する何処《どこ》の国よりも豊かに見えますがな。百姓の一揆《いっき》なども起きそうにない」

「おっしゃるとおり。しかし、この平穏な暮らしができているのは、生娘を生け贄にしているからでござる」

「生娘を生け贄……？」

不審げに目を向ける河田に、阪崎は暗い表情に変わって、

「宿場などで噂《うわさ》に聞いたかもしれぬが、狐の面を被った一味が、満月の夜に白羽の矢を立てた家から、生娘をさらっておる」

「ああ、それなら、なんとなく耳にした」

「それゆえ、この地は災害や飢饉から免れておるというが、さような話を信じられるか?」

「まさか。しかし領民の中にも、これは何かのまやかしで、娘をさらっているだけではないか、そう言っている者もいる」

「うむ。それゆえ、その狐の面の一味を探し出して、捕らえたいのだ」

「俺たちに、それを?」

「さよう」

「手助けは一向に構わぬが、それこそ藩の仕事ではないのか」

「わずか五万石の藩ゆえな、余計な務めに人を使うことはできないのだ。それに、御家老の堀部《ほりべ》様をはじめ藩の重職は、狐面を天神様のお使いだと信じておる」

「まさか……」

「本当だ。もし、狐一味を捕縛したり、退治したりすれば、神の怒りに触れて、たちまち飢饉に襲《おそ》われるのではないかと恐れている節がある」

河田は呆《あき》れて、開いた口が塞《ふさ》がらなかったが、事なかれを願っている藩のお歴々の気持ちは分からぬでもない。

「されど……生娘がさらわれ、何処で何をしているかも分からないとなれば、これは一大事だな。藩は探そうともしないのか？」

「今言ったとおり、天神様の人身御供になったから、既にこの世にはおらぬと……」

「妙な話だ。人の命と引き替えに豊かになったところで、何が嬉しいのだ」

「いにしえからの言い伝えに過ぎぬ。むろん、私はこの数年に起こっていることが、神の仕業とは思っておらぬ。だからこそ、ふたりの力を借りて……もちろん他にも数は揃えておるが、娘をさらう輩《やから》を捕らえたいのだ。そして、藩の重職たちに正体を突きつけ、連れ去られた娘たちの居所を探したい」

熱心に訴える阪崎にも、ひとり娘がいるという。もし、天神様の使いの狐一味が来たならば、差し出さねば領民への示しがつかない。領民たちは今まで、何の罪もない娘を生け贄として、黙って見送っているからだ。

だが、正直なところ、万が一、白羽の矢が立ったとしたら、おいそれと娘を犠牲にできるかどうか、阪崎には分からない。だから、一日も早く、不逞《ふてい》の輩の正体を暴きたいのだ。

「なるほど……阪崎さんの思いは、よく分かった」

と正一郎は頷きつつも、

「よく分かったが、ひとつだけ腑《ふ》に落ちないことがある」

「なんですかな？」

「どうして、このことを何年もほったらかしにしていたのか」

「それは、藩の役人のみならず、領民たちの間には、言い伝えが本当であるとの信仰が根づいているからでしょう」

「根づいている……」

「単なる拐かしだと言っても、領民たちは信じない。白羽の矢が立った家の者は、素直に従うことが多いのです」

「逆らった者はいないのかな？」

「畏《おそ》れ多くてできないのですな……いや、一度、逆らった者が狐一味に摑みかかろうとしたら、なぶり殺しにされた……だから、逆らうこともできず……」

無念そうに阪崎は首を振った。

「ならば、俺が斬《き》り捨ててやろう。次の満月を待たずにな」

と岩村が自信満々の顔を向けた。相手が誰かも分からぬのに、勝算があるという。

「それは心強いことだが、何か心当たりでもあるのかな？」

阪崎が訊き返すと、岩村は待ってましたとばかりに手を差し出して、

「まずは金を貰おうか。できれば、十日分、前払いが嬉しい」

「持ち逃げする気ではあるまいな」

「疑《うたぐ》り深い郡奉行だ。実は掛川に来る前に、相良《さがら》に立ち寄っていたのだが……昔の知り合いを訪ねたのだがな、病で死んでいた……そんな話はいい。同じ棟割《むねわ》り長屋に住んでいた男が、掛川城下の遊郭《ゆうかく》の女郎を連れ出して逃げたのだが、衆目の前で殺された」

「その話が何か狐一味と関わりあるのかな？」

「まあ聞け。女は遊郭に連れ戻されていたが、袋井から連れて来られたと言っていた……なあ、郡奉行さんよ、分かるかな？　俺が言っている意味が」

相手を見下すような目で、岩村が謎めいた言い草になると、阪崎はハッとなり、

「まさか、相良の者たちが、拐かしているとでも言いたいのか」

「かもしれぬという話だ。神様の使いの狐がさらったのでなければ、その娘たちが何処へ連れて行かれたか……しかも、器量よしの生娘とくりゃ、女郎にでもされたと考えるのが筋だと思うがな」

「相良か……少々、面倒だな」

と阪崎は唇《くちびる》を噛んで、目を細めた。

掛川より東南五里（約二十キロ）ほどのところにある相良に、相良藩ができるのは宝永《ほうえい》七年（一七一〇）だから、まだ先のことである。かの田沼意次《たぬまおきつぐ》が大名として入るのは、さらにずっと後になってからは時代が下る。だが、この地は戦国の世、武田《たけだ》の城があり、徳川幕府の治世になってからは天領として扱われ、今は掛川藩が〝領外〟支配をしていた。代官が置かれていたが、独立自尊の気風が高く、何かと掛川の殿様との対立を繰り返していた。かつては農民に重税がかけられていたため、一揆も激しかった。それほど気骨のある者が多かった。

だからというわけではないが、掛川藩内のように、狐が娘をさらっていくこともなく、妙な風俗が残ることもなかった。いわば現実的な人が多かったのであろうか。

阪崎は郡奉行であるから、相良の代官所を支配しているわけではないが、

――もし、此度の一件に相良代官・黒島喜兵衛《くろしまきへえ》が絡《から》んでいたら厄介《やっかい》だな。

という思いはあった。

「ならば、阪崎殿。この岩村半兵衛《はんべえ》が探りを入れてみよう。なに、その黒島とかいう代官、なかなか癖《くせ》があって面白そうだ」

何やら思惑《おもわく》でもあるのか、岩村はにんまりと口元に笑みを浮かべた。

三

笠も杖《つえ》も長旅で傷んでいる。小袖《こそで》も雨風に晒《さら》され、草鞋《わらじ》の紐《ひも》も切れかかっているから、歩きにくくてしょうがない。しかも、目の前は長い坂の難所である。

――年たけて又こゆべしと思ひきや　命なりけり佐夜《さや》の中山《なかやま》

西行《さいぎょう》が詠《よ》んだ歌のとおり、出雲《いずも》のお藤は早く峠を下って、日坂の宿で蕨餅《わらびもち》でも食べたいと思っていた。

「早く行かないと日が暮れる……」

この辺りには、「子泣き石」の伝説があった。

その昔、臨月間近の女が、この峠を越えようとしていると、夜道に盗賊が現れて金を出せと脅した。女は、お腹に赤ん坊がいるからと命乞《ご》いをしたが、無慈悲《むじひ》にも斬り殺されてしまった。女は死んだが、傷口から、赤ん坊が生まれたという。

だが、赤ん坊は元気がなく、泣くことすらできない。このままでは誰にも気づかれることなく死んでしまう。すると、その代わりに、近くにあった石が泣きはじめた、というのだ。お陰で村人が気づき、赤ん坊は助けられたが、それからも、夜になると、石が泣いているというのだ。

「あたしゃ、赤ん坊なんか、お腹にいないからね。金もないからね。誰も襲ってきたりしないでね」

女芸人のひとり旅。小太刀《こだち》や柔術《じゅうじゅつ》を嗜《たしな》んでいるから、多少は腕に覚えはあるが、徒党を組んで襲われては、ひとたまりもあるまい。悪い奴は来るなと念ずるように歩いていると、「おぎゃあ!」と赤ん坊の泣く声がした。

思わず立ち止まったその先の地蔵堂から、泣き声は聞こえてくる。

「やだよう……まさか、お化けじゃないでしょうねえ……」

お藤は地蔵堂に近づくのをためらった。赤ん坊の泣き声は罠《わな》で、突然、野盗が現れるような気がしたからだ。だが、妙な胸騒ぎもする。捨て子かもしれない。金谷《かなや》や菊川《きくがわ》の宿場で、遊女が孕《はら》んだ子を始末するとか、その手の話を聞いたからだ。

しかも、夜泣き石の伝説には、後日談がある。

生まれた赤ん坊は、夜泣き石のお陰で、久延寺《きゅうえんじ》の和尚《おしょう》に見つけられ、音八《おとはち》と名付けられた。母親の乳の代わりに、参道にある扇屋《おうぎ》という店の飴《あめ》で育てられたという。

その音八は長じて、大和国《やまとのくに》の有名な刀剣の研ぎ師の弟子となった。そして、自らも腕のいい研ぎ師となったある日、訪ねてきた客の刀を見た音八は、

「いい刀だが、刃こぼれしているのが勿体《もったい》ない」

と見立てると、

「実は二十数年も昔のことだが、小夜の中山あたりで、身重の女を斬り捨てた時、図らずも側の石に当たってしまったのです」

思わず話したその男を、母の仇《かたき》と知った音八は、その折に生まれた赤ん坊は俺だと名乗って怨みを晴らした。

嘘か本当かを詮索するのは野暮《やぼ》だ。だが、そんな話を旅の途中で耳にして、暮れなずむ峠道を歩いているお藤には、地蔵堂の赤ん坊の声は不気味にしか感じられなかった。

「……仕方ない、な」

まだ泣き声が続く地蔵堂に近づくと、しだいに声が大きくなる。

「えいやッ」

気を取り直して、扉を開けると、そこには、まだ臍《へそ》の緒《お》がついたような、華奢《きやしや》な赤ん坊が小さな籠《かご》に入れられ置かれていた。

「なんだかねえ……どうも赤ん坊は苦手だよう」

口を尖らせて、そう言いながらも、籠を引き出して、赤ん坊をあやしたが、まだ目も開いていない子だから、ただただ泣くばかりだった。お藤は前の宿場で買っていた飴を取り出して、口に運ぶと本能であろう、ちゅうちゅうと吸い始めた。

「まいったねえ……どうしよう」

野良犬だっているかもしれない。このまま地蔵堂に戻して立ち去るわけにはいかず、かといって連れて行くには重すぎる荷だ。しかし、近頃は鉄砲水や飢饉で、この辺りの村々は貧しさを強いられたと聞いている。暮らしに困って捨てられた赤子かと思うと、可哀想になってきた。

「こんなときに泰平の旦那がいたらなあ……はあ……」

途方に暮れてしゃがみ込んだとき、首筋にヒンヤリしたものが触れた。振り返ると脇差《わきざし》があり、数人の野良着姿の男たちがいた。近くの百姓のようだった。

「なんでえ、生娘かと思いきや……かといって、年増でもねえ」

「ああ。なんだが具合がよさそうな姐《ねえ》さんじゃないか」

「ここで会ったが百年目。俺たちにつき合って貰おうか。なに恐がることたアねえ。すぐに気持ちよくしてやっからよ」

などと好き勝手に喋《しゃべ》っている。どう見ても暇をもてあましている様子で、百姓仕事に我慢できずに、博打《ばくち》や女遊びをしている不良の集まりであろう。年の頃は、いずれも若い衆とは言い難く、村八分にあって逃げ出したものの、仕事にあぶれているのが見え見えの輩だった。どうせ、旅人への強請《ゆすり》たかりを生業《なりわい》にしているのであろう。

「なあ、姐さん。今宵の寝床は、そこの寺の本堂と洒落《しゃれ》込もうや。阿弥陀如来《あみだにょらい》様に男と女の情けってやつを、見せてつけてやろうじゃねえか」

頭目格のデブが舌なめずりすると、お藤はゆっくり立ち上がりながら、

「そうかい……嬉しいじゃないか。あたしゃ、こう見えて、あっちの方は大好きでねえ」

とシナを作りながら、流し目になった。そのあまりの艶《つや》っぽさに、どの男もごくりと生唾《なまつば》を飲み込んだ。

「でも、ちょいとばかり高くつくよ。あたいは流れ遊女のおしのってもんだ」

お藤はとっさに出鱈目《でたらめ》を言う。

「殿方を喜ばせるのが、あたいの生まれながらの務めさね。三歳のときにはもう〝雁《かり》が首〟を覚え、五つのときには〝松葉鏡《まつばかがみ》〟のおしのと呼ばれ、十歳の頃には〝逆さ巴《どもえ》〟で、相手を昇天させてたのさね。そこで、ついた通り名が『聖天《しょうてん》のおしの』と言えば、おまえさんたちだって知ってるだろう」

相手の胸や腰をまさぐりながら、流暢《りゅうちょう》に喋るお藤に百姓男たちは圧倒され、もじ

もじするほどだった。

「さ、さあ……聖天のおしの、ってのは知らねえなあ……それに〝逆さ巴〟とか、言ってる意味も分からないが……」

「それも知らないで、〝車がかり〟するつもりだったのかい。上等じゃないか。さあ、どいつから相手する。それとも、まとめて相手してやろうか」

「ああ……たまんねえなあ……」

デブが抱きつこうとしたとき、お藤は膝蹴《ひざげ》りを金的に浴びせ、がくっと前のめりに倒れたところを、思い切り六尺棒で背中を叩いた。一瞬、怯《ひる》んだ男たちだが、俄《にわか》に血走った目になると、

「やろう！　舐《な》めた真似しやがって！」

と襲いかかってきたが、お藤は六尺棒で男たちの眉間《みけん》や鳩尾《みぞおち》など急所を的確に鋭く突いてから、パッと目潰《つぶ》しを投げかけた。小麦粉などの粉に辛子を混ぜてある。うわっと目を擦《こす》りながら、立ち往生《おうじょう》している隙《すき》に、お藤は逃げ出した。

「あ、どうしよう……ああ、仕方ない」

地蔵堂の前に置かれたままの赤ん坊の籠を抱え、すたこらさっさと逃げ出そうとすると、目の前にふらりと人影が立った。鎖帷子《くさりかたびら》の黒装束で、まるで忍びのような姿

だった。

この男——〝お宝人狩り〟と称する熊木源斎《くまきげんさい》配下の竜蔵《りゅうぞう》だが、お藤は知る由《よし》もない。

「まだ仲間がいやがったか……」

お藤は懐刀を握って身構えた。相手の男は微動だにせず、

「この中山峠を、女ひとりで通ることが間違いだな……連れはどうした」

「——連れ？」

「お宝人の天下泰平だ」

「なんだい、そりゃ」

「惚《とぼ》けても無駄だ。おまえたちが、幕府の財宝を盗み掘りするために旅をしていることと、すでに承知しておる」

ドキッとなったお藤は思わず後ずさりした。あぶの文左が持っていたお宝の絵図面を、まだ自分が手にしていたからである。

「図星のようだな。俺たちは幕命で奴を探しておる。引っ捕らえて、公儀に差し出さねばならないのだ」

「俺たち……？」

「隠すとためにならぬぞ。おまえも仲間と見なされることになる」

鋭い目でお藤に詰め寄ったとき、目潰しをくらった男たちが、

「何をぐじゃぐじゃ言ってるンだ。このやろう！　てめえは女とグルなんだな！」

と突っかかったとき、竜蔵は抜刀するやバッサバッサと男たちを斬り捨てた。冷たい目つきのまま、遠慮なく、あっさりと二、三人の男たちの命を奪った。恐れをなした残りの男たちは、悲鳴を上げながら逃げ出した。

竜蔵が振り返ると、お藤の姿はなかった。

「…………」

すぐさま、竜蔵は地面に耳をあて、足音を辿《たど》ろうとしたが、

「あの女……やはり只者《ただもの》ではないな……気配を消して逃げやがった……」

と立ち上がったとき、少し離れた木陰に浪人が立っていた。岩村である。

「!?――」

すぐさま身構えた竜蔵に、岩村は待てと手を挙げて、

「一部始終を見ていた。あんたが斬った百姓どもは、おそらく相良の者たちだ」

「…………」

「俺は掛川藩郡奉行に頼まれて、相良に向かっていたところだ。娘拐かしの〝下手《げしゅ》

人《にん》〟を追ってな」

下手人とは〝殺人犯〟にのみ使う言葉だが、さらった娘は人身御供として殺されたかもしれないから、そう言ったのだ。竜蔵は隙を見せないで、いつでも斬ろうと刀の切っ先を向けたままだった。目の前で見たばかりの腕前に、岩村は尻込みしたわけではないが、

「あんたも何か訳ありだな……ま、訳あり同士、手を貸して貰えぬかな。その腕ならば、一日二両、いや五両にはなるかもな」

キイッと雉子《きじ》の鳴き声が、鬱蒼《うっそう》とした山の中でこだました。

四

「ああ、腹が減ったア。そろそろ飯にしやせんか、旦那」

茶屋の縁台に腰を下ろした文左を横目に、泰平は先に進んだ。行く手は、秋葉山《あきはさん》本宮秋葉神社の参道に続く、長い坂道である。

「だ、旦那あ……そんなに急がなくても罰《ばち》は当たりませんでしょう。神様も怒りませんで。ねえ、旦那、茶粥《ちゃがゆ》くらい食べましょうや。それに、串団子《くしだんご》もおいしいから、さ

あさあ」

テキヤの口調で誘うが、さっさと先に行ってしまった。鬱蒼とした木立の陰に消えてゆく泰平の背に向かって、

「そんなに焦《あせ》ったって、探し人は見つかりませんぜ……ちっ、行っちまった……秋葉の火祭は冬にあるんだから、違うと思うけどなあ、娘たちを連れてったのは……」

と呟いた。

三州屋五衛門の娘・お佳が許禰神社に連れ去られたと聞いた直後、泰平と文左は探しに出かけた。早い内に、少しでも手がかりを探しておこうと考えたのである。

泰平の推察したとおり、娘を運んだ桶のような駕籠は、許禰神社の境内《けいだい》で打ち捨てられ、娘はぷっつりと姿を消していた。境内に駕籠を残して、娘がいなくなるのは、まさに〝神隠し〟のように犠牲になった証《あかし》であり、住人たちに、

「これ以上、探しても無駄だ」

と暗黙のうちに報せるがために違いない。そう判断した泰平は、境内の周辺を探った。まるで、執念深く下手人を追いつめる与力や同心のように。そうして、足跡や落ちていた端布《はぎれ》から探し出したのが、

――秋葉神社に向かったのではないか。

という考えだった。

翌日になって、周辺を当たってみると、不審な数人の人影が何かを担いで、掛川城下の方へ向かいながら、「秋葉神社に急げ」という声を聞いた者を見つけたのだった。

そこで二人は秋葉神社へ向かったのである。

だが、先を急ぐ泰平を追うのを諦めた文左は、参道わきの茶店の床几《しょうぎ》へ、どかり腰を据えた。

「だからよ、旦那。娘っこは、火伏せの神様の秋葉神社に奉納されたんだよ。天神様とは違うが、まあ同じ神様やないか。細かいことを気にすることはあらへん」

茶屋娘に差し出された団子を食べながら、文左はひとりごちてから、

「あっ。こりゃ、うめえな……これから鬼退治をするなら、この団子を厄除《やくよ》けに食ってだな……あっ……厄除け団子……はは、これは結構な名じゃねえか？　諸国の神社に厄除け団子を置けば、相当儲かる。おう、ご主人。ちょいと訊きたいことがある」

と振り返ると、茶屋娘が微笑《ほほえ》みながら立っていた。なかなかの器量よしである。

「あっ。綺麗な姐ちゃん！　あ、でも、姐ちゃんじゃないんだ。ご主人はいるかい」

「私が主人です」

「ええ？　ほう、そうかい。えへへ。随分《ずいぶん》と別嬪《べっぴん》だから、雇われてるのかと」

「お父っつぁんが二年前に亡くなって、おっ母さんとふたりで営《いとな》んでるんです」

「そりゃ偉いなあ。じゃ、いいことを教えてやるよ。この厄除け団子の作り方、俺に譲《ゆず》ってくれねえかな」

「はあ?」

「団子の作り方だよ。たっぷりあんこが絡《から》まってて、いい味わいじゃないか」

「これは、遠州《えんしゅう》三山のひとつ、法多山尊永寺《はったさんそんえいじ》という真言宗《しんごんしゅう》のお寺にならったもので、厄除観世音《かんぜおん》を祀《まつ》っているところから、この名が……」

「そんなことは知ってるよ。だから、姐ちゃんの店の屋号を頭につけてだな、この俺が大坂《おおさか》をはじめ、江戸や京《きょう》、名古屋《なごや》、それどころか諸国に売り出してやろうじゃないか。店の屋号は何だい」

文左が屋号を見ようとすると、看板などない。それどころか、釜《かま》を地面で焚《た》いていて、にわか作りの茶屋である。

「屋号もないか……じゃ、姐ちゃんの名は」

「美代《みよ》といいます」

「可愛《かわい》い名だな。じゃ、〝美代の厄除け団子〟ってのはどうだい。俺はこう見えて、諸国のあちこちの門前町の土産物《みやげもの》屋と深い繋がりがあってな、この団子を置けば、めちゃくちゃ儲かるぜ。なに、団子を運んでたら腐っちまうって？　バカ言ってんじゃないよ。団子はその土地、その土地で作るんだ。あんたの親父さんの作った、この串団子と同じものをよ。そして、〃美代の厄除け団子〃って名で売る。団子は一串五個で、五文ってのが相場だ。その一串あたりにつき一文の〃寺銭〃を取るって仕組みよ。分かるかい？」

「——よく分かりません。けど……」

法多山は神亀《じんき》二年（七二五）に、聖武《しょうむ》天皇の勅《みことのり》によって行基《ぎょうき》が開山した高野《こうや》山《さん》真言宗別格本山である。朝廷や色々な武将から信仰を受け、幕府も毎年正月、武運長久、天下泰平、五穀豊穣《ごこくほうじょう》などを願って祈禱《きとう》している由緒《ゆいしょ》正しい寺である。

「そのような寺から〃美代の厄除け団子〃なんて命名するのは畏れ多いことです」

「何言ってンだい。いいかい？」

さらに話を深めようとすると、

「それより、渡世人《とせいにん》さん」

「って、わけじゃないんやけど」

「さっき、娘たちを連れてったとか、秋葉神社に奉納された、なんてことを言ってましたが、もしかして……」

「ああ。白羽の矢を立てられた家の娘が生け贄になるって話だ」

文左が続けると、美代は暗い顔になって、声をひそめた。

「関わらない方がいいですよ。ろくなことにはなりませんから」

「どういうことだい。何か知ってるのかい」

「それは……」

「知ってるんだな? 悪いようにしねえよ。俺はこう見えて……さっきも言ったな。諸国に顔が利くのは土産物屋ばかりじゃない。ちょっとした親分衆にも、地元の裕福な商人たちにもな」

「とにかく、関わらない方がいいです。先に行った、ご浪人様にもそう教えて上げて下さい。でないと……」

「でないと?」

「厄除けどころか、とんだ災難を背負い込んで、生きて秋葉山から降りられませんよ」

「物騒《ぶっそう》なことを言うな、姐ちゃん」

「本当です。生け贄の娘たちを取り戻そうと、果敢《かかん》に挑んだ人たちもいますが、結局、狐たちに返り討《う》ちにあって殺されました」

「狐に殺された……」

「ええ。全身、牙《きば》か爪《つめ》に引っ掻《か》かれたような無惨な姿で」

「ならば、その狐とやらをとっ捕まえればいい。どうして、お役人はやらないのかな」

「天神様のお使いに、とても手出しなんかできません。災《わざわ》いが及んで、飢饉が訪れれば、また大変な騒ぎになります」

「騒ぎ……？」

百姓一揆でも起こるのかと文左が訊き返すと、美代はそうだと頷いた。村々の人々は、狐が村を守ってくれていると思っている。その狐を捕らえようものなら、たとえ領主であっても、百姓たちは立ち上がるだろう。

田畑を耕している百姓が弱いというのは、為政者《いせいしゃ》の思い込みである。刀狩りから武具は持つことはできないとはいえ、刃渡り二尺以上が〝刀〟であって、それより短い、一尺以上は〝脇差〟である。よって、帯刀を認められた武士ではなくても、町人や百姓も所持や携帯を認められていた。

鍬《すき》や鋤《くわ》も武器代わりになるから、大勢が立ち上がると、領主にとっては大変な脅威になる。実際に打ち壊すのは建物などであって、人に危害を加えることは希《まれ》だった。

いわば、お上《かみ》との交渉術のひとつであり、今でいえばデモのようなものだった。

とはいえ、百姓の要求を領主は無視することはできず、受け入れるしかないのである。その中には、百姓の〝経済活動〟がある。ただ田畑に張りついて働かせるのではなく、米以外の大豆《だいず》、麦、木綿《もめん》などの作物から、自分たちが作った酒や紙、布、足袋《たび》、笠、薪、味噌から丸薬などを、売るという行為である。三州屋のような惣庄屋が、村の物産をまとめて街道で売る権利を、領主に認めさせていた。それでも貧しい暮らしをせざるを得ない百姓たちはいる。そのような者たちは、何かを学ぶ——ということで、自分たちの暮らしを向上させようとした。

天神講がそれで、寺子屋に通う子供たちが天神様、つまり菅原道真《すがわらのみちざね》公にお供えをし、会食を共にして、心身共に豊かになることを願ったのである。

「その天神様が、幼気《いたいけ》な娘を犠牲にするはずがありません……これは誰かが……」

美代が怯えたような顔になるのへ、文左はシッと声をひそめて、

「仕組んだことと言いてえんだろ？　だから、俺が何とかすっから……別嬪の美代ちゃんが人身御供にされることのないよう……旅は一期一会《いちごいちえ》、足袋は二足三文ってえが、ここで団子を食べたのも何かの縁だ。任せとき」

「…………」

「だから、どんなことでもいい。知ってること教えてくれんかな……案ずることはない。先に行った旦那。ありゃ、天下のお目付、巡見使《じゅんけんし》様々なんだ」

文左は適当に言ったが、心の奥ではそう信じ切っている。

「巡見使……」

「シッ。美代ちゃんと俺だけの秘密やで。えへへ」

でれっとなりながら、文左はあんこのたっぷりついた団子をさらに頬張《ほおば》った。

五

秋葉山は、諸国に八百社もある秋葉神社の総本山である。古くから、秋葉大権現《だいごんげん》と親しまれていた。

常夜灯がずらりと続く参道を駆けてきた文左は山頂にある上社《かみしゃ》本殿の前で、大勢の参拝者に混じって、じっと佇《たたず》んでいる泰平の姿を見つけた。

「やっといた……旦那ア。まったく、せっかちでやすねえ」

駆け寄ると違う浪人だった。あれっと辺りを見廻すと、境内の片隅の茶店で、今度は泰平が腰掛けて茶をすすりながら、ニヤニヤ笑っている。なんでえと駆け寄った文左に、泰平は言った。

「おまえこそ、そそっかしいなあ」

「見てたのなら、声くらいかけて下さいよ」

「あまりの馬鹿面《ばかづら》だったのでな。はは、かけそびれた」

「喧嘩《けんか》売ってンですかい？　あっしはねえ、下の茶店で、いい話を聞いてきたんだ。

聞かせてやろうと思ったのによ」

「可愛い娘がいたから立ち寄っただけだろうが。おまえのやってることは、狐一味と大して違わねえよ」

「やろう。言うに事欠いて……」

と手にしていた団子を振り上げたが、それを泰平に差し出し、

「美代の厄除け団子だ、ほれ」

「——美代の？　ハハン。またぞろ、娘っこの名をつけて、調子よいこと言って騙《だま》したな。何度やれば気が済むのだ。お初の縁切り饅頭《まんじゆう》、おしまのでっぷり太鼓餅、お杏《きよう》のよしなさい葛《くず》……適当なこと言って、寺銭を取ったんだろう、このやろう」

「冗談じゃありやせんや。なんだって旦那はそうやって、俺のことを悪く……いずれ大商人になったとき、面倒見てやらんで」

「あ、こりゃ美味《うま》い。意外と美味いな、この美代の厄除け団子ってのは」

「人の話、聞いてまっか？」

むしゃむしゃと子供のような顔をして食べる泰平に、呆れ顔を向けた文左は、とりあえず隣に座るなり、深く溜息をついた。

「聞いてるよ。まずは、おまえが茶屋娘から聞いた話とやらを言え」

「なんや、その偉そうな口ぶりは」

「言いたくてウズウズしてるんだろう。顔を見りゃ分かるよ」

「またまた、そんなこと……ま、いいや。喧嘩してる場合やない」

文左は辺りを見廻してから、泰平の耳元に囁《ささや》いた。

「旦那も承知のとおり……」

「くすぐったいな。もう少し離れろ」

「一々、もう……ええですか、旦那。性根入れて聞いて下さいよ。下手をこけば、美代が言ってたとおり、首を突っ込んだ俺たちだって命を落としかねないんやから」

「大袈裟な奴だ、おまえは」

「ええから、黙って聞きなはれ……満月の夜、俺たちが見かけた狐面の一味は、あれはこの秋葉神社の神官たちかもしれねえんだ」

「ふむ。それで?」

「なんだ、驚かんのか。団子のあんこばかり舐めやがって」

「いいから、続けろ」

「今度は命令かい。とにかく、娘がさらわれたのは、俺たちが見た三州屋だけの話やないらしい。あの夜……同じ夜、他の所でも同じことがあった」

「つまり、白羽の矢は一本ではなく、何本もあったということか」

「そういうことや。領内で、十人、いや、二十人くらいは、さらわれたことになるのや」

熱を帯びたような文左の話を、泰平も真顔で聞いていた。

「その娘たちは、一旦この神社に連れれて来られて、しばらく過ごさせてから、ある所に移すのや」

「ある所?」

「掛川の城下らしい」

「なるほど、城下な……」

泰平は団子を食い終えて、茶をずずっとすすると、

「イザナミはカグツチを産んだがために、身を焼かれて、黄泉《よみ》の国へ送られた。カグ

ツチの父親は、イザナギだ……でもって、妻のイザナミ恋しと黄泉の国まで追いかけたイザナギだが、決して姿を見てはいけないと妻に言われた。けれど、我慢できなかったイザナギはイザナミを見てしまうのだが……なんと妻は蛆虫《うじむし》がわくほど腐った死体だった」

「な、なんの話や?」

「覗《のぞ》かれたイザナミは怒り狂ったが、イザナギは這々《ほうほう》の体《てい》で、この世に逃げ帰った。そんでもって、イザナミは日向《ひゅうが》で禊《みそぎ》を受けて、アマテラスを産んだのだ……つまり、火の神カグツチのために一度、死んだ女が、アマテラスを産み直したんだな」

ぽかんと聞いていた文左に、滔々《とうとう》と語った泰平は続けて言った。

「古くから伝わる話だ。もしかしたら、神官……かどうかは知らないが、拐かした奴らは、産み直しをさせるつもりかもしれんな」

「さっきから何をごちゃごちゃと」

「火は人が生きる上で、水と同じでなくちゃならんものだが、扱い方によっちゃ、すべてを焼き尽くしてしまうほど恐いものだ。だからこそ、三尺坊《さんしゃくぼう》大権現がこのカグツチを諫《いさ》めたのだろう」

「三尺坊……?」

「本当におまえは何も知らぬ奴だな。御利益《ごりやく》団子を売るなら、それくらい知っておけ」

「厄除け団子ですよ」

「どっちでもいい。三尺坊とはな……」

平安の昔、信州は戸隠《とがくし》に生まれて、飯綱山《いいづなやま》で修行をしてから、白い狐に跨《また》がって秋葉山に飛来したという。三尺坊は火伏せの霊力が強いから、カグツチは火の災いから守ってくれる神様として信仰された。

特に江戸は火事が多かったから、この地まで大勢の参拝客が訪れていた。もっとも、江戸にも、京の愛宕《あたご》神社から分祀された愛宕神社があり、カグツチが祀られている。それでも、ここまで〝講〟を作ってまで来るのは、伊勢《いせ》参りと同じで、信心と言うよりも行楽のひとつであった。

神社仏閣の参拝には〝精進《しようじん》落とし〟がつきものである。むしろ、そっちが狙いの客も多かろう。つまりは、女遊びが目当てだ。

万治《まんじ》三年（一六六〇）には、東海道の宿場には遊女を置いてはならないという禁令が出された。だから、旅籠で働く飯盛《めしも》りをする女、つまり女中らが遊女を兼ねるようになった。中には堂々と張見世《はりみせ》を出して、客に飯盛女を選ばせる宿もあった。厳しい取り締まりにも拘《かか》わらず、遊郭《ゆうかく》まがいの商いをするのは、客が求めているからである。

宿場の住人の中には、卑《いや》しい行為だと非難する者も少なくなかったが、藩主や領主は黙認していた。旅人が沢山集まって、金を落とせば地元が潤うからである。

「掛川宿や袋井宿、そして〝あばれ天竜《てんりゅう》〟を控える見附《みつけ》宿あたりは、東西から押し寄せてくる秋葉神社参拝の客が頼みの綱だ」

泰平はしかと頷いて、社殿を見上げながら、

「このカグツチの神様を利用して、その神様を諌めるため、「飛ぶ狐を操った三尺坊を思わせる姿で、娘をさらってたのかもしれぬ……精進落としは、お伊勢さんでも盛んに行われている。だから、他の神社仏閣の門前でやったところで何の罪になろう。そう思っているに違いない」

「たしかに……へへ、でも旦那だって嫌いな方じゃないでしょ?」

「おまえほどじゃない」

「そりゃ俺は女が好きやが、女郎買いが好きなわけじゃない。訳ありの女を見てると、どうも、この辺りがキュンとなって、金だけ渡して、そのまま帰ってくることがある」

「そういう客が一番、有り難《がた》いだろうよ、女郎には」

「ど、どういう意味ですか」

「間抜けってことだよ。それも分からぬのか。まあいい」

「よかないですよ」

「それより、文左……女を集めているのが、藩自体だとすれば、これは大事《おおごと》だ」

「へえ。領民を守るべき藩が領民を騙して、娘を連れ去るなんざ、とんでもねえこった。旦那……娘っこらがいる所、目星ならついてやすぜ。美代ちゃんのお陰でな」

指をポキポキ鳴らす文左の目には、義憤《ぎふん》に駆られた表情が浮かんでいた。泰平も俄《にわか》に腹の底から、ふつふつと怒りが湧《わ》いてきた。

見下ろすと、遥《はる》か遠くに天竜川の河口が霞《かす》んで見えた。

六

その夜——。

秋葉山の深い木立の中を、何本もの松明《たいまつ》が続いていた。

白装束をまとった修験者たちが、ぞろぞろと歩いている。その数は五十人余りおり、どれも狐面を被っていた。先頭と最後尾には、三尺坊と秋葉大権現の幟《のぼり》が掲げられていた。知らぬ者には、不気味な一団にしか見えない。

「今宵も物色するのかな……」

小径の木陰に潜んでいた文左が囁くと、小さく頷いた泰平は、ゆっくりと尾《つ》けはじめた。その後を文左も尾ける。

日のあるうちに、文左は口八丁《くちはっちょう》手八丁で、秋葉神社の神官に近づき、〝月夜の嫁〟について、色々と聞き出していた。だが、神官たちは関わってはいない、と断じていた。

むろん、さらった当人たちが、拐かし同然に連れてきているとは言うまい。しかし、隠しているとも思えなかった。つまりは、神社とは関わりのない何者かが、神官や修験者のふりをして、娘たちを集めているようだった。もっとも、神官らは見て見ぬふりをしている節がある。それほど、気を使う誰かがいるということなのか……文左にはまだ分からなかった。

泰平はおよその見当がついていた。

「さらった女たちは、城下の遊郭に連れて行くに違いない。俺は、先回りして行くが、文左、おまえはシカと奴らの動きを見てろ」

「なんだい、結局、俺は下働きかよ」

「若いんだから、多少の苦労は買ってでもやらないとな」

「何もこんな所で……」

と言いながらも、表参道ではない裏道から、山を下っていった。

半刻ほどかけて下山した一団は、三層四階の天守閣《てんしゆかく》が聳《そび》える城下の方へ歩き出した。もっとも、町中ではなく、東海道から駿河湾沿岸の相良の方へ向かった。秋葉山を経て信濃まで通じる塩の道「秋葉路」である。

さらに海に向かい、御前崎《おまえざき》近くまで来たときには、白々と夜が明け、駿河湾を隔てて富士山がくっきりと浮かんでいた。海辺に立派な二階建ての屋敷があり、『富士見《ふじみ》楼《ろう》』と彫られた門柱の前に、白装束の一団はやってきたのだ。

白砂青松《はくしやせいしよう》を目の前にした立派な屋敷は、大名の陣屋のように土塀に囲まれており、警護の士が数人、槍を手にして見廻っていた。

白装束の一団は、門番と言葉をかわしてから、屋敷内に入っていった。

「ほれみろ、旦那は見当違いだ……城下の遊郭なんかじゃなかった。あのボケナス」

松並木に隠れながら、文左がひとりごちると、

「誰がボケナスだと?」

すぐ背後で声がした。ぎょっと振り返ると、そこには泰平が懐手で立っていた。いつから尾けてきていたのか、余裕の笑みすら浮かべている。

「この『富士見楼』についちゃ、島田や府中の方にも聞こえている。大層な分限者《ぶげんしゃ》が立ち寄る、日の本一の絶景の宿だとな」

「そういや、俺も聞いたことがある」

「まさか、ここの女を連れてくるとは思わなかったがな」

「女……？」

「あの白装束の一団の半分は、女だ。さらわれた娘たちであろう。見張りつきで、ここまで連れてこられたようだ」

「じゃ、やっぱり、ここで……娘っこたちを働かせてるのやな」

「であろう」

文左はなるほどと頷いたが、小首を傾《かし》げて、

「でも、どうして、わざわざ秋葉山に連れて行ったのやろ」

「禊をするためだろう。娘たちはみなイザナミが俗世に戻ってきた生まれかわりと思われている。だから、禊を済ませてから姿をかえさせ、女郎として働かせる」

「酷《ひど》いことをしやがるなあ」

「まあ、それは神事を歪めて捉《とら》えたもので、おそらく白装束の奴らは、娘たちに薬か何かを飲ませた上で呪文をかけて、心身を操っているのやもしれぬ」

怒りよりも悲しみが込み上げてきた文左は、今すぐにでも乗り込もうと躍起になったが、泰平は押しとどめて、

「まあ、慌てるな。返り討ちにあうのがオチだ。見てみろ」

と指さすと、屋敷の中には表鬼門と裏鬼門に櫓《やぐら》があって、見張りまでつけている。

その異様なまでの警戒ぶりに、文左は背筋がぶるっと震《ふる》えた。ここまでやるには、やはり相当な人物が背後についているに違いない。街道に置けない遊郭を、ずっと外れた所に造ったとしても、単なる秋葉神社の〃精進落とし場〃とは思えなかった。

だが、指をくわえて見ているわけにはいかない。文左がなんとかして、屋敷内に潜り込もうと沈思黙考《ちんしもっこう》していたとき、海辺の道から権門駕籠を陸尺《ろくしゃく》が担いできた。

由緒ありそうな権門駕籠だが、泰平の前を過ぎてすぐに停まった。ゆっくりと駕籠が地に下ろされると、扉が開いて、ひょいと出した顔は——河田正一郎だった。

「おう。槍の河田殿ではないか」

旅の途中、たまさか同じ悪党を退治をしたことがあるのだが、鷹揚《おうよう》でどこか適当な泰平に比べて、正一郎は武士の鑑《かがみ》のような男である。ゆえに、あまり気は合わない

のだが、人を人とも思わぬ悪い奴は許さぬという一点では似たもの同士である。

「やはり天下泰平とあぶの文左か。ぼけーっと立っている二人が目張り越しに見えたので、もしかしてとは思ったが、かような所で何をしておる」

文左が近づくと、正一郎は家紋つきの継《つぎ》裃《がみしも》姿で座っている。しかも、駕籠には、丸に立葵《たちあおい》の家紋がある。

「旦那。もしかして、仕官が叶《かな》ったんですかい？」

「まあ、そんなところだ」

「どちらの？」

「うむ……岡崎《おかざき》藩の本多《ほんだ》侍従《じじゅう》様にな」

「いやあ、そりゃ凄い。三河《みかわ》のしかも徳川家譜代の大名の……吃驚《びっくり》たまげた……で、この『富士見楼』には何の用で？」

「大事な寄合があってな、偉い御仁を待たせておるのだ」

「偉い御仁……」

振り返る文左に頷きつつ、泰平は正一郎の前に立って、

「ここで会ったのも何かの縁だ。その偉い御仁とやらに、俺も引きあわせてくれぬか。路銀も底をついてきたのでな」

「そうではなかろう」

正一郎は見抜いたようにニンマリと笑って、

「おぬしが来ているということは、この屋敷のあれこれを探っているに違いあるまい。そして、またぞろ誰にも頼まれぬお節介をしようとしてる。図星であろう」

「ということは、おぬしも……」

公儀目付であることを泰平は見抜いている。だからこそ、あえて口には出さず、

「ならば河田殿。俺たちを同行させた方が得策と思うが……実は、たまさか知った娘を助けたいのだ」

しばらく考えていた正一郎だが、利用しがいがあると思ったのか、

「よかろう。泰平殿は供侍、文左、おまえは挟箱《はさみ》持ちとしてついて来るがよい」

と、あっさり認めた。

門内に入ると、見事な石畳が続いており、奥には破風《はふ》造りの御殿があって、まるで竜宮《りゅうぐう》城のように異国情緒あふれる色とりどりの衣装を身にまとった女御《にょうご》が迎えてくれた。

間口の広い玄関に入ると、正面は黒塗りの階段が二階に続いており、そこにも朝《ちょう》鮮《せん》か琉球《りゅうきゅう》かと見まがう着物姿の女たちがいた。

遊女たちに客を取らせる、高級な妓楼《ぎろう》であることは明らかであった。

「楼主の伊左衛門《いざえもん》でございます。河田様、どうかお見知りおきを」

一階の帳場の奥に長い薄紫の暖簾があって、それを分けて出て来た、でっぷりと肥えた初老の男が声をかけた。

もちろん、掛川藩の郡奉行の阪崎に頼まれてきたことは、まったく伏せている。あくまでも、正一郎は岡崎藩士のふりをしていた。伊左衛門は泰平と文左をちらりと見て、

「お供の方々は、あちらに席をご用意しますので……ささ、河田様。お二階では、あのお方がお待ちかねでございます。さ、どうぞ」

招かれるままに、正一郎は二階に行きかけたとき、ほんの一瞬、泰平を振り返って目配せをした。その意味ははっきりとは分からぬが、

――後はよしなに。

というところであろう。正一郎がどういう経緯で、岡崎藩士に扮《ふん》してまで、この妓楼に辿り着いたのかは知らぬが、同じ思いであることは分かった。

「さあ、こちらへ、おいで下さいませ」

泰平たちは手代に招かれて、一階の奥から、青い海原を借景《しゃっけい》にした中庭、そこから離れに続く渡り廊下を歩いてくると、まるで吉原《よしわら》と見まがうような風情《ふぜい》のある張見

世があって、どこからともなく、三味線《しゃみせん》や太鼓の音も聞こえてくる。

張見世の中には、白粉《おしろい》や紅《べに》で化粧をして、花魁《おいらん》のように着飾った女たちが、ずらりと並んでいる。身分の高そうな武家や裕福そうな商人などの客人は他にもいて、遊郭の雰囲気そのままに、遊女を物色している。

「遊女を選んで下されば、別室にて、ふたりきりで、ごゆっくりできます」

妓楼の説明をしながら、手代が新しい女も沢山入っていると話していると、

「旦那、あれッ」

と文左が格子窓の奥を顎でコナした。

あっと凝視した。

そこには、三州屋の娘のお佳がいる。

「さすが、お目が高い。つい、先刻、来たばかりの娘でございます。もし、よろしければ、蓋《ふた》開けをお願いできますでしょうか。なかなかの逸品だと思いますよ」

まるで物を扱うような言い草に、泰平はムカッとなったが平静を装って、

「では、そうしよう。その娘に決めた」

と言うと、文左は心配そうな顔になって、小声で、

「旦那……本当に食っちゃやだめですぜ」

「おまえこそだ。他の娘でも、絶対にならぬ。でないと……斬る」

ふたりはお互い睨み合ったとき、

「あたしはダメなのかい？」

と格子窓の奥から、別の遊女が声をかけてきた。べったりと厚化粧をしているが、なかなかの美形で、居並ぶ女たちの中でも上物には違いなかった。

振り返った文左は、まじまじと眺めながら、

「生娘じゃねえだろう、生娘じゃ……」

と言った目が点になった。

「お藤……お藤姐さんじゃないか。こりゃ、ぶったまげた。ふはは。食うに困って、とうとう春をひさぐようになったか」

泰平も少し驚いて見ていると、お藤はにっこり微笑んで、

「天下泰平の旦那ア……探してたんだよ……ここなら、必ず来ると思ってさあ」

「冗談だろう」

「うん。冗談だよ。でも、やっぱり旦那との絆《きずな》は、きっつく繋がってンだねえ」

「勝手にそう思ってろ。文左、せっかくだから、おまえが買ってやれ」

「旦那あ……」

お藤はすがるような声を上げたが、泰平は文左の背中をドンと押し、お佳を貰い受けて奥の部屋に消えた。

七

「河田正一郎殿……でしたかな」

「さよう」

「岡崎藩にかような槍の使い手がいるとは、知らなんだ」

ひらりと舞い込んできた羽虫を一瞬にして突き刺し、外に捨てたのを見て、上座の金屏風《びようぶ》の前に座っていた羽織姿の侍は驚いた。

「掛川藩の御家老、堀部様ともあろうお方が何をおっしゃる。御家老も槍を持っては東海道一と言われたお方ではありませぬか」

「なに、若い頃の話だ」

頬が垂れるほど醜《みにく》く膨らんでいる堀部頼母《たのも》は、河田の高膳の杯《さかずき》に酒を注ぎながら、

「朝っぱらから、酒に女にと呆れ返っておられようが、こうでなければ浮き世は楽し

めますまい。もっとも、河田殿は見るからにお堅《かた》い方のようだが、この『富士見楼』に来た限りは、昼夜関わりなく、楽しんで貰いますぞ」

「むろん、そのつもりで来ました」

「その前に……」

堀部は酒をぐいと呷《あお》ってから、

「岡崎藩の姫君に我が藩に輿《こし》入れして頂きたいという話……如何《いかが》、相成りましたかな」

「輿入れ……？」

正一郎のまったく知らない話だが、曖昧《あいまい》に誤魔化《ごまか》して、

「ああ……そのことなら、またの機にじっくりと話したいですな。今日は、この『富士見楼』を視察し、岡崎にも同じようなものを造るために学びたいと存じます」

「さようなことより、姫君を掛川藩に迎えることによって、幕府より多少の援助を受けられる見通しがあるのでござる」

「姫で、援助がな……」

「知ってのとおり、この地は元々、幕府の直轄地だったゆえ、いまだに、江戸城の普《ふ》請《しん》や大井川《おおいがわ》の河川改修から街道整備まで、あれこれと面倒なことを押しつけられてき

ます。しかし、米の収穫はさほど望めず、茶や葛布《くずふ》、蜜柑《みかん》を栽培して、なんとか凌《しの》いでいる有様」

「いずこも大変でござるな」

「徳川御一門が最初に治めた岡崎の地は、それこそ豊かである上に、幕府からも様々な援助が届いているとか。それに比べて、我が藩は相良まで押しつけられて、本当に困っている。この辺りの百姓は、今にも一揆を起こしそうなのでな。それで苦肉の策で……」

「かような遊郭を造った……のですな。それにしても……御家老はもっと聡明で信頼のある御仁と聞いていたが」

と正一郎が鎌《かま》を掛けるように言うと、堀部はわずかに訝しげな顔になったものの、

「遊郭のことは、藩主も認めていることでございます」

「そうは思えぬが……遊郭は天下の御法度《ごはっと》。もし、ここが公儀に見つかれば、只《ただ》では済みますまい。むろん、藩主もな」

「…………」

「それに、藩同士が勝手に婚姻《こんいん》を結ぶのも許されておりませぬ」

「――やはり……おぬしは、岡崎藩の者ではなかったか」

堀部は薄ら笑みを浮かべて、おもむろに立ち上がり、鴨居《かもい》にかけてある槍を手にした。正一郎は今し方、使ったものを堀部の手下に返していたから、腰には脇差しかない。だが、どっしりと座ったまま、

「そちらこそ、ボロを出しましたな、堀部殿。藩主の井伊直武《いいなおたけ》公は、三河西尾《にしお》から来られた父上にも増して、善政を敷いていると聞き及んでおります。かようなことを、密《ひそ》かにするわけがない」

「やはり……阪崎めが、公儀にバラしたか」

「はて、誰のことでしょうや」

「惚《とぼ》けても無駄だ。郡奉行の阪崎義八——おまえを雇った奴だ。おいッ」

槍の穂先を正一郎に向けたまま、手下に声をかけると、廊下から現れたのは、なんと岩村半兵衛であった。

「おぬしは……」

「河田殿。いつから岡崎藩の者になられたのですかな？　浪々の身で、郡奉行に〝狐退治〟を頼まれたのは、つい先日のこと」

「おまえこそ、相良に調べに出たのではないのか」

「そのとおり。で、この『富士見楼』に辿り着いて……」

「金に目が眩《くら》んで、寝返ったわけか」

「別に郡奉行への義理立てはないからな。あんたも、その気があるなら、堀部様に取りなしてやっても構わないぜ。それとも、本当に公儀の犬なのか？」

「…………」

「それも嘘ではないのか？　公儀隠密なら俺も知ってるぜ」

振り返ると、廊下の片隅に、竜蔵が立っていた。何処かで見たことがある顔だと思ったが、正一郎には思い出せなかった。

「将軍御側用人・柳沢吉保《やなぎさわよしやす》様の手の者らしいが、この妓楼のことは承知の助ときてる。つまり、御公儀に訴え出たところで何にもならぬということだ」

と正一郎は座ったまま、ぎろりと堀部を睨み上げて、

「天神様への人身御供に見せかけ、さらってきた娘を遊女にさせるとは、阿漕《あこぎ》が過ぎないか？　岡場所に目をつむることはあっても、もし柳沢様が、人さらいをしていることまで、まこと承知しているとしたら……言語道断。すぐにでも江戸表に報せねばならぬ」

「はったりはよせ」

堀部はほくそ笑んで、槍の穂先をさらに突きつけた。

「おまえは所詮《しょせん》、食い詰め浪人に過ぎまい。でなければ、郡奉行の浪人集めに行ったりはしまい。いや、よしんば公儀隠密が本当ならば……ここで消すまで」

いきなり槍を突いてきたが、正一郎は一寸で見きってかわし、その柄を摑んで小脇に挟《はさ》むと素早く立ち上がって、ぶんと投げ飛ばした。勢い余って襖《ふすま》までふっ飛んだ堀部は、隣室に倒れ込んだ。

「東海道一、駄目《だめ》な使い手だったか」

からかう正一郎に、鞘走った岩村が横合いから斬り込んできたが、その手首を摑み、柔術で倒した。背中をしたたか打ちつけた岩村は、血反吐《へど》を飛ばして、呻いた。

「今度は腕試しじゃない。とっとと逃げないと、本当に斬るぞ」

部屋の片隅に立てかけてあった九尺の槍を、正一郎が摑んだとき、奥の襖が開きドドッと十数人の護衛が現れた。堀部の家臣である。いずれもすでに抜き身を構えており、槍や鉄砲を持っている者もいた。

「ほう……ここまでして、この妓楼を守るとは、武士や金持ちをカモにして稼ぐだけではなく、他にも何か狙いがあるな」

「黙れ……」

隣室から、必死に立ち上がった堀部が家臣たちに、斬れと命じた。途端、正一郎

は、

「いい加減にしろ！　堀部！　貴様の悪行はすでに露顕《ろけん》しておる！　潔く、腹をカッ切るのは、おまえの方だ！」

地鳴りがするほどの野太い声で恫喝《どうかつ》し、ブンと槍を振り払った。家臣たちの動きが一瞬、止まり、後ずさりして、息を呑んだ。少しでも気圧《けお》された方が不利になる。それが真剣勝負である。

「ええい！　何をしておる！」

堀部が苛立って叫んだとき、倒れていた岩村が手摺《てす》りを摑みながら立ち上がって、アッと声を発して、裏庭を指さした。

そこには――。

文左が先頭になって、ぞろぞろと遊女たちが連なって逃げていた。お藤も一緒になって煽《あお》っているように見える。むしろ、文左と一緒に先導しているようだ。

裏庭から出た先には、桟橋《さんばし》があって、三十石船が停泊している。文左が両手を挙げて、必死で手招きしながら、船に向かっている姿を見て、正一郎は思わず大笑いをした。

「あはは……アハハハ……ワッハッハ」

まるで狂言役者《きょうげん》のように腹を抱えて笑う正一郎に、堀部は歯ぎしりして、

「何がおかしい……貴様があの船を……」

「さあ。俺は知らぬ。もしかして、郡奉行かもしれぬが、おまえのことを快く思っていない者は、藩内に何人もおるとみえる」

「貴様……愚弄《ぐろう》するか……」

鉄砲を構えている家臣が狙いを定めたとき、

――ヒュン。

と鎖が飛来して、鉄砲の先に絡んだ。ダダンと発砲したが、弾丸はあらぬ方に飛び、弾着して壁が割れ散った。

投げたのは、泰平だった。

「危ないなあ、まったく。人に当たったら、怪我じゃ済まんぞ」

のっそりと鴨居を潜って入ってきてから、笑みをたたえて見廻した。

「斬れ、斬れ！　構わぬ、斬れ！」

堀部がもう一度、声を荒らげると、家臣たちは裂帛《れっぱく》の叫びを上げながら斬りかかった。

八

泰平が加勢して、名刀龍門国光《りゅうもんくにみつ》が大暴れし、正一郎の槍も強烈な旋風《せんぷう》を巻き起こして、家臣たちが次々と吹っ飛んだ。

岩村も刀を叩き折られた上に腕を斬られ、床柱を背にして、ぐらりと崩《くず》れた。

十を数える間に、家臣たちのほとんどが、手首や肘《ひじ》、膝などを斬られて、喘《あえ》ぎながら倒れた。殺しはしない。致命傷にならぬよう、泰平と正一郎は見極めて、その腕前をふるったのだが、堀部だけは手加減されていることに気づこうともせず、無駄に吠《ほ》えていた。

「悪党というものは、始末が悪いな」

堪忍袋《かんにんぶくろ》の緒が切れた正一郎が、槍の穂先をグイと向けて、

「深く反省し、心を入れ替えれば、別の道があるものの……藩主にお届けするのは、首だけになりそうだな」

と喉元に一突きで止めを刺そうとしたとき、

「お待ち下さい！　お待ち下さいまし！」

数人の修験者姿の白装束がどやどやと入り込んできた。狐面を腰に下げており、いずれも悲痛な顔をしている。

その先頭に立ったのは、代官の黒島喜兵衛だった。掛川の領民も含めて、黒島が天領相良の百姓を率いて、『白羽の矢』の事件を起こしたのには訳がある。

「御家老様は悪くないんです」

「ええ。私たち、相良の者が悪いんです」

「いいや、相良だけじゃない。掛川の領内の百姓たちが悪いのです」

「どうか、どうか、ご勘弁を！」

雪崩《なだ》れ込んできたまま、土下座をする白装束たちに、泰平は正一郎と顔を見合わせ、矛先《ほこさき》をおさめて、

「人身御供の娘たちをさらった奴らだな。そして、秋葉神社から、ここへ連れてきた」

「はい。御公儀の方とお聞きして、居ても立ってもいられませんでした」

「仔細《しさい》があるなら、訳を言ってみな」

「はい……俺たちは近年続いた鉄砲水や大雨、さらには飢饉で米はおろか、他の作物もできないくらい困窮しておりました……だから、俺たちは時折、東海道の中山峠の

ような寂しい所に出向いては追い剝《は》ぎの真似事をしてました」

「追い剝ぎ……」

「そうでもしないと、小さなガキに芋粥《いもがゆ》ひとつ食わせてやれねえ。でも、そんなことをしてても、暮らしは苦しくなるばかり、だから、俺たちは、秋葉の祭などにかこつけて騒ぎたて、代官の黒島さんとともに一揆を起こそうとしたんです」

秋葉神社の札が降ってきたと吹聴《ふいちょう》して、後の世に起こる〝ええじゃないか〟のように、田畑から離れて、厭世《えんせい》的な暮らしをするようになった。しまいには、宿場という宿場に出て、打ち壊しのようなこともしたという。

「だけど、御家老様は、俺たちを捕らえてお仕置きをするどころか、『そんなことをしても埒《らち》があかない。何とかして、おまえたちの暮らしをよくするから、飢饉がなくなるまで辛抱《しんぼう》せよ』と……打ち出したのが、この人身御供の仕掛けだったのです」

必死に食い下がるように話す百姓の姿を、泰平はじっと聞いていた。

「この地には、『月夜の嫁』の話がある。だから、それを本当にやってしまおう。天神様に身を捧げさせるということで、美しい娘を集めて、ここで遊女屋をさせれば、秋葉神社の参拝者のみならず、東海道を旅する男衆が集まるに違いない。そうしたら、この地に金が落ちて、野良仕事で足りない分が入って、俺たちは飢《う》えなくて済むって」

「なるほど、なかなかの知恵者だな。おまえたちの暮らしぶりには同情するが、では娘たちの身や心はどうなる」

「そ、それは……」

答えに窮した百姓たちを押しやって、堀部はずいと泰平の前に出た。そして、今の今までの凶悪な形相《ぎょうそう》から、毒気が抜けたような落ち着いた目になって、

「すべては身共《みども》が悪いのだ……百姓のせいではない……これまでも、年に一度、生娘を連れ去ったが、あれはまさに神事でな、神社に預けて巫女《みこ》として育てた。それは、あらかじめ当人や親御に言い含めてのことだった」

「だが、今度はそうではない。これでは、人買いより阿漕ではないか」

遊女は体を酷使《こくし》するから、あまり長生きできないという。タチの悪い遊郭に入れられれば、年季を終えても、梅毒などを患《わずら》って死ぬまで働かされる。悲惨な人生が待っているのだ。

「そのとおりだ、ご浪人……」

そして、正一郎の方を見やって、

「河田殿にも言っておきたい。もし、貴殿がまこと公儀のお方なら、どうか、この一

件は私一人《いちにん》が為《な》したことであって、殿はもとより領民も一切、関わりないことだと伝えて貰いたい」

「………」

「元々、ここは藩主の別邸であった。それを使った、窮余《きゅうよ》の一策であったのは事実だが……思いの外、金が集まって、少しばかり私腹したのも、また事実……」

百姓たちを見廻して、済まぬと頭を下げた。だが、百姓たちは、とんでもないと首を振って、

「御家老はご自身の家禄《かろく》を削ってまでも、我々のために色々と援助してくれた。なのに、こんな真似《まね》を押しつけたのは、俺たち領民だ。だから、御家老は……」

「それでも悪いのだ」

堀部は百姓たちを慰《なぐさ》めるように、肩を叩きながら、

「おまえたちに、人さらいの真似事をさせて悪かった……済まぬ……かくなる上は、潔くしとうござる、河田殿」

とその場に座って、脇差を抜き払った。切腹をしようとしたのだが、正一郎は槍先であっさりと叩き落として、

「腹を斬るのは、郡奉行と藩主にすべてを話してからでも遅くはない。今逃げた娘た

ちに追っ手は無用。そして、二度とかようなことをしないと誓うならば、この一件は俺の胸に秘めておこう……岡崎藩の姫君を輿入れさせる話も、藩を思うてのことだろうが、いずれにせよ、やり過ぎだ」

「河田殿……！」

「ただし、万が一、同じようなことをすれば、公儀に届け出る前に、俺が始末する」

落涙しながら、何度も頭を下げる堀部に、泰平も穏やかな声をかけた。

「領民のためには、他の道を探ることだな。目の前には雄大で豊かな海がある。山もある。何しろ、天下一の東海道の宿場がいくつもある。みながよい知恵を持ち寄れば、手立ては幾《いく》らでもあるのではないか？」

「……はい」

「これで、めでたし、めでたし。かんら、かんらの大団円だ」

大らかに笑う泰平に、百姓たちは戸惑いながらも、つられるように笑っていた。

その夜、袋井宿の三州屋――。

仏間では、五衛門が掌を合わせていた。その後ろに、妻のゆきが控えて、深い溜息をついている。

「やはり……旅のご浪人の言葉などを信じる方が間違っていたのですねえ……お佳は今頃、何処でどうしてるのやら……本当に天神様の生け贄になったのでしょうか」

「分からぬ。だが、私たちには待つことしかない……」

「一生待つのですか、このような気持ちで一生……こんなことなら、いっそのこと、私たちも、お佳のいるところへ……」

諦めの声を、ゆきが洩らしたとき、ドドン、ドドドンと激しく表扉が叩かれた。

「!?——何事でございましょう。もしや、私たちが不信心なことがバレて、お役人が来たのでは……」

胸の高鳴りを抑えながら、ゆきが立ち上がろうとしたが、ふらついた。五衛門はその体を支えると、

「案ずるな。私が出る」

「おまえさま、もし、お役人なら……」

「お佳のいない今、恐いものは何もない。旅のご浪人が何かしでかして、万が一、私たちがお咎めを受けるようなことになっても、それはそれでよいではないか。お佳のためにご浪人が何かをしてくれたということだ」

五衛門はゆきにほほえんだ。

娘が連れ去られてから、表戸は閉めきったままである。潜り戸の心張り棒を開けると、そこには、泰平が立っていた。

「ご……ご浪人様……」

「月夜に連れ去られた娘たちは、みな相良の遊郭で働かされていた」

「なんと……」

「俺の仲間の機転で、大勢の娘たちを救い出すことはできたが……その中には、残念だが操を失った娘が多かった。三州屋……おまえの娘は……」

「……………」

「ぎりぎり間に合ったようだ」

五衛門が表に飛び出すと、お佳が体をぶるぶると震わせながら立っていた。

「お侍さんたちが助けてくれたんです……お父っつぁん……」

「――お佳……ああ、本当にお佳だ」

思わず娘を抱きしめた五衛門は、さらにきつく抱きしめながら、ゆきを呼んだ。よろよろと出てきたゆきは、目の前にいる佳の姿を見て、信じられないと目を凝らした。

「おっ母さん……」

「……無事だったんだね、お佳……お佳！」

ゆきも思い切り抱きつくと、五衛門は女房と娘ふたりの肩を両手で包み込んだ。そして、まさに親子水入らずで、万感の思いで涙するのだった。

「とんだ天神様だったよ、お父っつぁん、おっ母さん……」

「いや。この世には、本当に神様のような人がいたんだ。お礼をしなければ……」

と振り返ると、今、そこにいたはずの泰平の姿はなかった。

「ご……ご浪人様……？」

宵闇に紛れて、泰平はさっさと何処かに立ち去っていた。長々とお礼を述べられるのもまた照れくさいからである。


一件落着して、泰平が東海道を西に向かって見附を過ぎ、天竜川の渡しで高瀬船《たかせ》に乗り込むと、文左とお藤が近くの茶店から駆け寄ってきた。待ち合わせたわけではないが、天気がよいから来るかな、と思っていたという。

天竜川は大天竜と小天竜に分かれているが、今日は水位が高いせいか、中洲が消えて、一本の川になっている。だから、一挙に、向こう岸まで渡るのだ。

船頭が朗々と小唄を唄いながら、棹《さお》で川底を突いて沖へと進む。

「いや、まったく、大したお方だよ、泰平の旦那は」

と文左は改めて、泰平のことを褒めた。

「なに、遊女を逃がしただけのことだ。無理に連れてこられたのだから、当たり前のことではないか」

「そうじゃありやせんよ。お宝の話」

「お宝？」

「惚けちゃってまあ、本当は端《はな》から知ってたんやないの？」

「何のことだ」

泰平がきょとんとしていると、お藤がにっこりと笑いながら、江戸の両替商『伊勢屋』から文左が買い取った、例のお宝絵図面を少しばかり開いて見せた。

「あの『富士見楼』こそが、かつて戦国の世を支配していた今川氏の武将・朝比奈泰《あさひなやす》明《あき》の財宝が埋められているンじゃないの？　その後、徳川家と武田家の争いのときは、武田家の高坂弾正《こうさかだんじよう》が建てた相良の城とともに、あの地を奪い合ったらしい。徳川幕府の治世になって、天野三郎兵衛《あまのさぶろべえ》が建てた相良御殿と呼ばれたのは、あの『富士見楼』だとか」

「天野三郎兵衛……たしか家康《いえやす》公の小姓で、今川家に人質として預けられたときも同行したという……岡崎三奉行のひとりだな」

「だからこそ、お宝を託したんでしょうよ」

「なるほど。それで、お藤……おまえも、あそこに遊女として来ていたわけか」

「百姓に襲われてね、そのとき、旦那を探してる妙な男がいてさ」

「俺を？」

「うん。そしたら、妙な浪人と一緒になって、相良に向かったから、やはり何かあると思って、こっそりついて来たら捕まってしまって、女郎にさせられたってわけさね」

「えらい目に遭ったのに、随分と暢気《のんき》に言うなあ」

「あたしは、まあ、何かに巻き込まれるのは慣れっこだからさ……やっぱり、舞い戻った方がいいかねえ」

「いや。あの妓楼は藩主が建て直して、埋もれていたお宝を使って、お救い小屋にするらしい。病人や貧しい者たちの面倒を見る所にするとか」

「ふうん。随分と勿体《もったい》ないことを……少しくらい分けて貰ってもバチは当たらなかったよねえ。人助けしたんだからさ」

お藤がさりげなく振り返ると、渡し場の所に行商姿の竜蔵が立っていた。誰かが近づいて、何やら話しているようにもみえる。

「あれ……？　もしかして、あの人、あのときの……」

竜蔵ではないかと目を細めたが、泰平は気にしている様子はなかった。

「――それより、河田の旦那はどうしたんです？」

と文左が尋ねると、

「きちんと『富士見楼』の顚末《てんまつ》を見るまで、相良にいるそうだ」

「本当に公儀隠密なんですか？　仕官探しってのは、仮の姿？」

「さあな。俺にもよく分からぬ」

天竜川の波は大井川よりも荒い。さすが、〝あばれ天竜〟と呼ばれるだけのことはある。この高瀬船の揺れは妙に心地よいが、深く青い怒濤《どとう》は、この先の旅の波瀾《はらん》を表しているようだった。

白い波飛沫《しぶき》が顔にかかってくるが、客たちは喜びの悲鳴を上げていた。

第二話　君恋ふる

一

遥《はる》か遠くに富士の峰や浜松城を見渡しながら、舞阪宿《まいさかじゅく》から新居宿《あらい》に向かう今切《いまぎれ》の渡しをゆったりとした櫓《ろ》の音を聞きながら、船に揺られて渡っていると、天気なのに小雨《こさめ》がぱらついてきた……と思ったら、海風に乗ってきた潮水だった。

その昔は砂州《さす》があって、対岸まで渡ることができたが、明応《めいおう》七年（一四九八）の大地震のために陸地が離れ、遠州灘《えんしゅうなだ》と浜名湖《はまなこ》が繋がったという。ゆえに、今切の渡しと名づけられたらしい。

その言葉が不吉であるということで、浜松から気賀《きが》や三ヶ日《みっび》から、本坂峠《ほんざかとうげ》を抜けて、御油宿《ごゆ》に行く旅人も多かった。こっちは「姫街道《ひめ》」と呼ばれている。新居宿が女人《にょにん》に対して取り調べが厳しいので、それを避けるために、大名の子女が通ったのが理由である。

「渡しはわずか一里（約四キロ）ばかり。こっちの方が楽ちんだと思いやすがねえ……お藤姐《ねえ》さんは、姫街道の方に行ってしまったが、ひとりで大丈夫ですかねえ」

あぶの文左が心配そうに声をかけると、三十人乗りで半分は空いている渡し船の上

で、縁《へり》に凭《もた》れて空を仰いでいた天下泰平は、

「——腹、減ったなあ……」

と呟《つぶや》いた。

「旦那《だんな》ア。こっちは、お藤さんのことを案じてるのに、飯のことですかい」

「浜松城下では妙な連中の喧嘩《けんか》だの仲裁だの、捨て子の赤ん坊の親探しだの、こそ泥退治だのと、なんだらかんだらとやっている間に、ろくな飯を食ってなかったからなあ」

「知りませんよ。俺はこれでも一端《いっぱし》の商人ですからねえ。金儲《もう》けにならへんことは、金輪際《こんりんざい》、お断りですからね」

「自分で一端と言うな、バカ」

「バ、バカとはなんですか、バカとは」

「言葉の使い方の間違いを教えてやっただけだ。それにバカってのは、喋《しゃべ》るときの調子づけだ。怒るな、怒るな」

「合の手でバカと言われちゃ、たまりませんよ。まったく、もう」

「お藤を案じてたンじゃないのか」

「それそれ。身の上を心配してるンじゃのうて、ほれ、あの女、例のお宝の絵図面を

握ったままやから、きっと姫街道の方に何かあると睨《にら》んでるんじゃないか……ってね」

「なんだ。案じてたのは、お宝の方か」

「暢気《のんき》な顔をしないで下さいよ。あれを伊勢屋から千両で買ったのは、この俺なんですからね。しかも、旦那の借金のために」

「そうだったか?」

「そうですよ! 忘れたんですかいな。めちゃくちゃな旦那だな、もう」

「三百両に値切ったくせに、よく言うよ。ま、そんなことより、鰻《うなぎ》、鰻……新居といえば、昔から鰻だからなア」

「三島《みしま》じゃ、神様の使いと言われているのに、あんなに食うし。どんだけ好きなんや。俺はどうも苦手ですがね、あのぬるぬるした蛇《へび》みたいな奴は」

いつものように与太《よた》話をしていると、横合いから旅姿の中年女が、ふいに声をかけてきた。

「鰻がお好きなのですか?」

年増ではあるが、美しくて上品な艶《つや》っぽい女である。日よけの笠を被《かぶ》ったままだったから、よく顔が見えなかったが、泰平は振り向いてドキリとなった。

その泰平の表情の変化を素早く見て取ったのか、文左がつんつんと脇腹をつついて、

「旦那の好みでっか。でへへ、鰻でいえば、ぎゅっと身は引き締まっているものの、脂《あぶら》がたんと乗ってて、とろりと甘い……」

「うるさい、おまえは一々。黙っておれ」

きちんと起き上がる泰平に、笠を取って女は挨拶《あいさつ》をした。

「てまえは、新居宿の『鰻丼本家・鶴《つる》屋』の女将《おかみ》、おせんというものです」

「ああ。本家鶴屋か……聞いたことがある。では、新居の関を抜けたら、早速、お邪魔するとしよう」

「ありがとうございます。ここで会ったのも何かの縁。ぜひ、お立ち寄り下さい」

にこりと笑った笑みが、なんとも色っぽい。さぞや若い頃には、男衆が放っておかなかったであろうなと、泰平は思った。

「鰻よりも、女将を食いてえって顔をしてますよ、旦那」

「うるさいな、もう」

「だって、鼻の下が長くなってますぜ。鰻が一匹入るくらいに」

「文左。おまえは俺に喧嘩を売ってるのか」

と半ばムキになったとき、

「喧嘩といやあ、鶴屋と亀《かめ》屋ですわな、女将さん」

と別の男が声をかけた。

長衣《ながぎぬ》に股引《ももひき》、柳行李《やなぎごうり》を抱えた旅人である。同船した者は、同じ危険に晒《さら》されている運命共同体のような気分になるのか、ついつい話に関わってくるものである。

「鶴屋と亀屋？　どういうことだい」

文左が訊き返すと、おせんは少し嫌な目つきになって旅人を見た。

泰平はすぐに気づいたが、黙って見守っていた。

まるで講釈師《こうしやく》のように、旅人はポンと煙管《きせる》で船縁を叩いてから、

「よくぞ訊いてくれた。『鰻丼本家・鶴屋』ともう一軒、新居宿には名物店がある。『鰻丼元祖・亀屋』でござい。どっちが美味《うま》いかどうかは、人それぞれだが、鶴屋のタレが少し甘辛く、亀屋はあっさりめだとの評判だが、それは微妙な違いであって、いずれも美味《うま》いことには変わりない。飯の上に、開いて焼いた鰻を載せたのは、どっちが先にやったのか……で揉《も》めているンだから、すっとこどっこい。客にとっちゃ、どっちでもいいことだが、宿場を二分する諍《いさか》いになってるから、面白いじゃねえか。両方食って、どっちが美味いか、軍配を上げて、本家と元祖、きちっと決めて貰《もら》おう

じゃないの、ねえ、お客さん」

と立て板に水で喋り終えた。

黙って聞いていた泰平は、

「鶴屋の女将を目の前にして、そういう言い草はどうかな、旅人さんよ」

と声をかけたが、おせんはあえて気にしていないと返してから、

「お兄さんも、ぜひ、うちへいらして下さい」

「俺はもう何度も食べてやす。女将さんを目の前にして言うのもなんだが、やっぱり俺は、ちょいとあっさりめの亀屋に軍配を上げますなあ」

「随分とはっきりモノを言うじゃねえか」

今度は、くそ暑いのに三度笠に合羽《かっぱ》をまとった、長い楊枝《ようじ》をくわえた渡世人《とせいにん》風の男が、舳先《へさき》から泰平たちの方へ移ってきた。

「俺は断然、鶴屋だな。亀屋のようなショボいタレじゃ鰻を食った気がしねえ。それなら、白焼きを山葵醬油《わさびじょうゆ》で食った方が、よほどうまいってもんだ」

「なんだと?」

旅人の方も負けてはいない。食い物に関しては、自分の方が舌が肥えている。旅をしているのは、美味いもの巡《めぐ》りなのだと言い張ったが、渡世人も黙ってはいない。

「どの舌で、美味い不味《まず》いと言ってやがンだ、このやろう。俺も渡世人の端くれ、諸国は津々浦々《つつうらうら》の親分さんに大概、美味いものを食わせて貰ってンだ、おう。鶴屋の鰻がまずいって奴は、ここへ連れて来い。それこそ、俺がこの長脇差《ながどす》で捌《さば》いてやらあ」

「上等だ、このやろう。その楊枝に、鰻の味でも染みてるかッ。よく聞け、楊枝やろう。この辺りの鰻はな、亀屋のようにじっくり焼いて、あっさり食うのに適してンだ。関東の田舎者みてえに、泥くさい鰻しか食ってねえ奴には、亀屋の風味が分からねえのよ」

「寝言を言うンじゃねえ。鰻はふっくらしててこそ、鰻なんだ。この楊枝がすうっと通るようじゃねえと美味くねえ。カワハギじゃあるめえし、煎餅《せんべい》みたいな鰻が食えるか。それに亀屋の味じゃ、穴子《あなご》と変わンめえ」

「なんだと、へっぽこ！」

「やるか、このくそやろう！」

と摑《つか》み合いになったので、船が揺れた。

お互い言い争いが収まらず、さすがに鶴屋の女将が困って、やめてくれと言った。

しかし、どうやら、この男たち二人は、前の宿場でも何か揉め事を起こしたらしく、気が昂《たかぶ》って、辺り構わず脇差を抜こうとした。

「いい加減にしないか、ばかたれが。鰻のことで、そこまで喧嘩することはあるまい」

「旦那が鰻の話なんぞしたからじゃねえか」

文左までが火に油を注ぐようなことを言うので、泰平は刀を鞘《さや》ごと摑んで、渡世人と旅人の脇差をバシッと弾き、水上に吹っ飛ばした。アッとなってふたりは、泰平のあまりの手際よさに腰が引けた。

ひらりと飛んだ脇差を、他の者も驚いて見ていたが、客のひとりが水面を指さした。

脇差が二本とも、ぷかぷかと浮いており、渡し船から徐々に遠ざかって、波除け杭の方に流れている。

「——竹光かよ」

誰かが、そう呟いた途端、渡世人の方は顔が真っ赤になって、

「俺は……俺は人を斬《き》りたくねえからだ」

旅人の方も、なんとなくホッとして座り込んだが、渡し船の中はなんとなく和《なご》やかになって、しだいに笑い声も起こってきた。おせんは、一瞬にして事を始末した泰平のことを、頼もしく思ったのか、

「旦那……お名前を教えて下さいまし。ぜひ、うちに立ち寄って下さいね。旅籠《はたご》もやっておりますので、どうぞ、よろしく。もちろん、うちで持たせて貰いますよ」

と微笑《ほほえ》んだ。

まんざら悪い気がしない泰平は、相変わらず、鼻の下をだらりと伸ばしていた。

浜名湖にはしょっぱい風が吹いていた。

二

新居の関は、箱根の関と並び称される、公儀にとって重要な関所である。往来手形のほかに、関所手形も必要で、殊《こと》に女には厳しかった。箱根と同じく、人見女がいて、裸にして隅々まで調べるのである。

それさえ通ることができれば、ほっと一息ついて、宿場でゆっくりできる。本陣が三軒もあって、旅籠や料理屋がずらりと並んでおり、名物の「うなぎ」と書かれた幟《のぼり》が、あちこちではためいていた。宿引きや留女《とめおんな》の姿もあちこちにあって、今宵《こよい》の宿を探す旅人に声をかけていた。

往来する人々の喧噪《けんそう》を打ち消すような波音が、宿場中に轟《とどろ》いている。遠州灘から打ち寄せてくる怒濤《どとう》が荒くて凄《すご》かったから、「新居（荒井）」となった。その波音に負けないくらいの呼び込みが、本陣近くの一角で、繰り広げられていた。

向かい合って建っている『本家鶴屋』と『元祖亀屋』という鰻屋である。街道を挟《はさ》んで、山側が『亀屋』で海側が『鶴屋』である。いずれも蕎麦《そば》屋のように広い畳敷きの店舗があって、その二階が旅籠になっている。風格ある仕舞屋《しもた》造りで、なるほど人気を二分して、客が数珠《じゅず》繋ぎで並んでいた。

「さあさ、亀屋の鰻丼が一番だよ。亀屋が鰻丼の元祖だよ。鰻本来の味を、たんと味わうことができますよ」

と、まだ二十歳《はたち》くらいの若者が、捻《ねじ》り鉢《はち》巻きで、亀甲《きっこう》印に亀屋と白抜きされた赤い半纏《はんてん》姿で手を叩きながら、大きな声で客を誘っていた。

その真向かいでは、赤丸に鶴屋と書かれた白い生地の半纏を着た、襷《たすき》がけのまだあどけなさが残る娘が、張り合うように精一杯、声をあげていた。

「鰻丼の本家本元は、この鶴屋。ためしに食べて下さいませ。甘辛いタレの風味と香りが、旅で疲れた体を癒《いや》しますよ。宿もすべて遠州灘を眺められるお部屋ばかり。さあさあ、お立ち寄り下さいなア」

鶴屋のひとり娘・お咲《さき》である。

精悍《せいかん》な態度で、客に呼びかけている亀屋の若者は、万治郎《まんじろう》。跡取り息子である。

お咲は万治郎に対して、「イーダ!」と舌を出すと、相手もしかめっ面で、

「この鶴屋のおかめ! 偉そうにすんじゃねえ、ばーか!」

「なにさ、ひょっとこ! 海亀にさらわれて、どこにでも沈められろってんだ!」

可愛《かわい》い顔をして口汚く言うと、亀屋の番頭が出てきて、

「鶴屋も落ちぶれたものですねえ。味が悪いからって、娘にそんなことしか言わせられないなんて……ささ、お客さんたち、後味の悪い鰻はやめて、口当たりよく、さっぱりとおいしい亀屋の鰻丼をどうぞ」

「こりゃ、うまいッ」

と答えた、数人の客を番頭は引き入れた。

鶴屋の番頭や手代《てだい》や他の女中たち奉公人も負けてはいない。

「どうぞ、どうぞ、亀屋さんで先に食べて下さいまし。きっと満足できなくて、後で食べ直しにうちに来られますでしょう。まずは亀屋さんで、ごゆっくり」

そう皮肉で返したりするから、旅の者も宿場の者たちも、

——これも新居宿の風物だ。

と、面白がって見ているのである。

そんなところに、おせんが帰ってきた。その後を、泰平と文左がのこのこと尾《つ》いてきたが、なんとなく危うい雰囲気《ふんいき》は、すぐに感じ取っていた。

「こりゃまた、本家と元祖が真向かいとはな。むはは、面白そうだな。新居名物で、結構な話じゃないか。他人の争いは蜜《みつ》の味だからな。物好きなら、両方、食うだろう」

泰平がカラカラと声をあげて笑うと、文左は何となくバツが悪い顔色で、

「旦那様……そういう下品な話はよした方がよろしいのではありませぬか」

と上方訛《かみがたなま》りを消して、きちっと諌《いさ》めるように言った。だが、泰平はニタリと文左を見やって、

「おまえこそ、人のことを言えないではないか。どうせ、その可愛い娘っ子を見て、舞い上がったンだろうが、この」

「な、なんだよ」

「図星だな。女将さん、その子は……」

「はい。私のひとり娘です」

「そうかい。よく顔が似ている。これだけの器量よしなら、客も多いのではないか？」

「お陰様で……と言いたいところですが、近頃は、ちょいと……」

と顔を曇《くも》らせた。何か仔細《しさい》があるような様子だが、相手は旅人だ。そうそう簡単には話したくないという風情だった。

「とにかく、お入り下さいませ」

おせんがふたりを店内に誘《いざな》うと、亀屋の番頭が呆《あき》れ顔で、

「女の色気を使って客をたらし込むとは、さすがは、鶴屋の女将。さぞや、亡くなった亭主も草葉の陰で泣いてるだろうなあ」

と意地悪そうな声で言った。

だが、おせんは素知らぬ顔をしている。そんな悪口は毎日、聞いているのであろう。殺伐《さつばつ》としたものが、『鶴屋』と『亀屋』の間に流れていた。おせんが淡々《たんたん》と中に入ると、娘のお咲も万治郎にもう一度、舌を出してから、ついて行った。

「ねえ、旦那……」

両店を見比べていた文左は、

「今宵は、お互いしっぽり行きますか、ねえ……旦那は母ちゃんの方、俺は娘の方」

「気持ちの悪いことを言うな」

「何をおっしゃる。女将は思ったよりも年増で、旦那より、五つも十も上みたいだ

が、熟柿《じゆくし》が好きだって、いつも言ってるじゃないですか、ねえ」

「ひとりで言ってろ」

鼻であしらって帯から刀を外すと、泰平は店の敷居を跨《また》いだ。

途端、お帰り下さいと叫ぶ、おせんの声がした。

「!?――」

連れてきておいて帰れかよと、文左は鼻の穴を膨《ふく》らませたが、早とちりだということはすぐに分かった。

店内の片隅には、鰻屋の帳場があって、その奥には二階に続く階段があり、その上がり口に旅籠の帳場が別にあった。効率をよくするために分けているのであろう。そこで、とらふぐのような顔をした中年男が、縞《しま》模様の半纏姿で座り込んでいる。

おせんは毅然《きぜん》と男に向かって、はっきりとした口調で、

「帰って下さいと言っているのです。もうあなた方と話すことはありません」

男は微動だにせずに、にまにまと嫌らしい目で、おせんを舐《な》めるように眺めながら、

「何もそうツンケンすることはねえだろう。こっちは順を追って話しにきてるんだ。なあ、女将。悪い話じゃないと思うがな」

「お帰り下さい」

「別に俺は、この店から出ていけと言ってるわけじゃねえ。亀屋と鶴屋が張り合ってもしょうがねえから、この諍いを俺に収めさせてくれねえかと相談してるだけだ」

「それが余計なお世話です。どうか、お帰り下さい。あなたのような人に店に居られるだけで、商いに差し障《さわ》りがありますから」

「おいおい。随分なご挨拶じゃねえか」

「見て下さい……鰻丼を食べている途中で、帰ってしまう人もいるではないですか」

「俺のせいなのか、ええ⁉ この店の鰻が不味いからじゃねえのか！」

と声を荒らげたとき、文左がすっと近づいてきて、

「嫌がってンだから、よしなさいよ。大の男がみっともない」

「なんだ、てめえは？」

と立ち上がったとらふぐは、雲をつくような大男だった。

「あ、本当に大男だ」

吃驚《びっくり》した文左は急にしなびた茄子《なす》のようになって、それでもお控えなすってと仁義《じんぎ》を切る仕草で、

「これは、どうも失礼致しやした。あっしは、あぶの文左というケチなやろうでござ

んす。生まれ落ちたのは難波《なにわ》の国は……」

「下らねえ挨拶はいらねえ。余所者《よそ》なら、口出しをしねえこった」

鋭い目で睨みつけてから、半纏の後ろから十手を突き出して、

「新居宿を任されてるスッポンの浜蔵《はまぞう》という者だ。分かるな。どうやら、女将の色気に惑《まど》って、客引きされたようだが、おとなしく二階で寝てろ」

「そうでやすよね。へえ、そうしやす」

あっさりと引き下がろうとしたが、泣き出しそうな娘のお咲の顔を見て、文左は自分の頬《ほお》をパンパンと張って気合いを入れ直すと、

「おとなしく帰るのはてめえの方やで、すっとこどっこい」

「なんだと……」

「とらふぐみたいな顔をしてスッポンとはこれ如何《いか》に。そういや、このあたりじゃスッポンがよく獲《と》れるらしいが、誰も気味悪がって食わねえらしいじゃねえか。こちとら難波男は、首をスパッと切って生血を吸って、身は甲羅《こうら》ごとぐつぐつ煮て、熱いのをひいひい言いながら食うのよ、参ったか」

「どうやら、ちっとばかり、頭がおかしなやろうみてえだな。バカにつける薬は……ひとつだけ、あるんだ。これだよ」

いきなり十手で文左の頭を叩いて、怯《ひる》むところに蹴りを入れ、土間に崩《くず》れた体を縄で縛ろうとした。だが、ゆっくりと来た泰平が、

「まあまあ、乱暴をするな。話なら俺が聞こう。東海道で随一の新居関の側《そば》で、無茶はいかん、無茶は」

「こいつの仲間か」

「ま、そういうところだ。とにかく、俺は腹が減って腹が減ってたまらん。噂《うわさ》の鰻丼を食ってから、あんたの所に行くから、屋敷を教えてくれ。スッポンの浜蔵と聞こえたが、あんたが一家を構えてるのか」

「またぞろ、おかしな奴が……」

と十手で額《ひたい》を打ちつけようとしたが、軽くかわされて、浜蔵はそのまま自分から柱に頭をぶつけた。振り返ったが、泰平はあさっての方に立っている。

「スッポンの親分さん。もし、俺が斬る気になってりゃ、あんたは死んでる」

「なにッ……」

踏み込みかけたが、ほんの一瞬の間に、喉元に刀が伸びてきた。そのまま倒れれば、今度は自ら切っ先を喉に突き刺すことになる。浜蔵は必死に踏みとどまって、

「――そのツラ……よく覚えておくぜ」

と言いながら、何か訳の分からぬ怒声を張り上げつつ出て行った。

「やはり仔細があるようだな。だから、俺たちを誘ったのであろう？　安心しなさい。俺はこう見えて、心根は優しいのだ」

「いいえ。見るからにお優しいですわ」

おせんにそう言われて、泰平はますます鼻の下が伸びたが、文左の方は泣きべそをかいているお咲のことが気になっていた。

三

「誰ですかな、その素浪人というのは」

日射しの穏やかな縁側で、煙管を吸いながら振り返った赤鼻の男が、不愉快そうに目を細めた。鬢《びん》や髷《まげ》には白いものが混じっているが、まだ四十前の脂ぎった商人である。

その後ろには、浜蔵が大きな背中を丸くして正座をしている。赤鼻から、たんまり金でも貰っているのか、忠犬のようだった。

「素性《すじょう》はまだ分かりやせん。ただ、めっぽう腕が立ちそうな奴で、もし鶴屋の用心棒になったとしたら、少々、厄介《やっかい》ですかな」

「やはりな……」

「と申しますと?」

「あの女は、江戸まで直訴《じきそ》に行ったに違いない。鰻の買いつけなどと、もっともらしいことを言っていたが、鰻ならばこの浜松にうようよいる。しばらく留守にしていたが、本当の狙《ねら》いは、宿場の争いを道中奉行にでも直に訴えに行ったのだろう」

「ふん。そんなことをしたところで、こっちには、武蔵《むさし》屋のご主人、あなた様がついているのにねえ。しかも、その後ろには……」

「余計なことは言いなさんな」

ポンと煙管から灰を落として、武蔵屋の主人と呼ばれた男は眉を顰《しか》めた。

武蔵屋吉右衛門《きちえもん》というこの男は、江戸で萬《よろず》問屋の看板を出して営《いとな》んでいるが、ものを売っているわけではない。まだ商いになっていないものを商売にしたり、傾きかけた商家を建て直したり、小さな問屋をまとめて大きくしたりするのが商いである。今の経営コンサルタントを兼ねた再建屋というところか。

ただし、その〝成功報酬〟は半端な額ではなく、幕閣に上納されることになっている。幕府の権力や権威が背後にあるから、大きな顔をして商売ができるのであろう。

しかも、この浜松藩の城は、「出世城」と呼ばれ、何人もの老中や若年寄を輩出《はいしゅっ》している。後の世の、水野越前守忠邦《みずのえちぜんのかみただくに》も、文化《ぶんか》十四年（一八一七）に、二十五万三千石の唐津《からつ》藩から、十万石も格下の浜松藩へ自ら国替えしたほどである。武蔵屋は江戸に店を構えながら、この地を時折、訪ねて来ており、老中の耳目《じもく》と自ら名乗っていた。

「鶴屋がその気なら、亀屋にも頑張って貰わねばなりませんな」

と吉右衛門は薄ら笑みを浮かべて、

「そういうこともあろうかと、こっちも腕利きをひとり、大枚《たいまい》払って雇ってます。なに、この者は江戸での武蔵屋の評判を知っていて、たまさか浜松城下で、私のところに転がり込んできたのです」

「さいですか。それを亀屋に？」

「ああ、そのつもりですよ。きっと、いい働きをしてくれるでしょう……そろそろ、一気に片づけたいですなア。鶴屋と亀屋を……漁夫《ぎょふ》の利といきたいものです」

言葉遣いは丁寧だが、吉右衛門が腹黒いことは浜蔵も重々承知しているようで、卑《ひ》屈《くっ》そうな笑みを返した。

「では、武蔵屋さん。かねてよりの打ち合わせどおり、仕掛けますか」

「そうですな……うまくやって下さいよ。これで、新居宿の名店二つを手に入れれば、鰻丼は『浜松亭《はままつ》』を本家本元として、江戸はもとより、大坂、名古屋、博多《はかた》などにも店舗を広げることができる。私の懐《ふところ》もまた、潤うというものです」

欲惚《ぼ》けた吉右衛門の赤い鼻が、異様なほど大きく膨らんだ。


亀屋も鶴屋同様、旅籠をしている。その二階の一室で、酒膳を前にして、槍《やり》の河田正一郎がふんぞり返っていた。主人の万吉《まんきち》は恐縮した様子で、杯《さかずき》に酒を注いでいた。

「……なるほど、元々、亀屋が鰻丼を編み出したのに、鶴屋が後から、〝鰻丼本家〟と銘《めい》打《う》って商売を始めた。だから、こっちの売り上げも半減したというのだな?」

「そうです」

万吉は悔《くや》しそうに唇《くちびる》を嚙みしめて、

「鶴屋の亡くなった主人……今は女将しかいませんが、その義造《よしぞう》という人は、うちで修業をしていた板前で、向こうに婿《むこ》入りしたのです」

「婿入り……」

「ええ。ですから、先代が亡くなった今、亀屋の味が鶴屋を支えていると言っても、嘘《うそ》ではありません」

「なのに、本家というのが気に入らぬのだな」

「気に入らぬというより……出鱈目《でたらめ》なのです。私の親父が鰻丼を作ったのを、向こうの先代が真似《まね》たのですから。でも、鶴屋が本家と名乗ったからには、こっちは元祖とでも銘打たねば、また真似たことになりますからな」

「なるほど……つまりは、先代から睨み合ってるわけだ」

と正一郎は二階の手摺《てす》りに腰掛けて、通りから対面の鶴屋の看板を見た。

「しかし、こっちには、あの武蔵屋がついている。武蔵屋といえば、色々な諍いの仲介役をして、自分の商売を大きくしてきた男だ。余計なことかもしれぬが、武蔵屋をあまりあてにし過ぎると、思わぬ怪我《けが》をするかもしれぬぞ」

「は？　しかし、河田様は……」

「武蔵屋は、商いの神様のように言われているが、つまりは山犬か烏《からす》のように、弱ったものを探し当てては、食い物にするのだ」

「…………」

「さしずめ、鶴屋と亀屋はいいカモなのであろう。先代が元気な頃には、付け入る隙《すき》がなかったのだろうが、宿場を二分するような諍いが続いておれば、狙い撃ちにされるやもしれぬ。気をつけておけ……と俺は言いに来たのだ」

「でも、武蔵屋さんから、うちの用心棒にと……」

「むろん、そのつもりだ。こんなことを言ってはなんだが、タチの悪い用心棒だったら、亀屋なんぞ、一気に潰《つぶ》されるかもしれぬ」

「そんな……」

「安心するがよい。悪いようにはせぬから、表向きは武蔵屋に従順にしておれ」

正一郎の考えを計りかねて、万吉は不安に思ったが、廊下で聞いていた息子の万治郎はその利発そうな顔を向けて、

「――ご浪人様……この宿場で何が起こっているのですか……」

と尋ねてきた。

「倅《せがれ》殿か?」

「はい……親父は働き過ぎで足腰を痛めており、おまけに少々、心の臓も患《わずら》っていますので、楽をさせてあげたいのですが」

「若いのに、なかなか殊勝な考えではないか。こういう倅殿がいるのなら、店は安泰ではないか? まずは鶴屋と仲よくすること。それが、武蔵屋に邪魔されぬ最もよい方策だと思うがな」

「しかし……これには……」

父親の万吉の方が、神妙な顔で応えた。

「そりゃ人知れぬ訳があるのであろう。今は聞くまい。だが、呉越同舟《ごえつどうしゅう》という言葉もある。共に戦わねば、新居宿そのものを、武蔵屋に乗っ取られることになるかもしれぬ」

「河田様、あなたは一体……」

不思議そうに見やった万吉だが、万治郎の方は正一郎の思惑を察知したように、

「近頃、見慣れぬ商人風が宿場に、長い間、逗留《とうりゅう》しております。中には、この亀屋を幾らでなら手放すのかと、こっそり訊いてくる人もいます。やはり、河田さんの言うとおり、武蔵屋さんは何か仕組んでるのかと、私は思うのです」

「そう言えば……浜蔵親分も随分、色々な言いがかりをつけてくるようになった」

万吉が溜息をつくと、正一郎は既に知っているとコクリと頷いて、

「この宿場を縄張りにしている二足の草鞋《わらじ》だな」

「はい。スッポンの浜蔵という目明かしに睨まれると、食いつかれて離れません」

「ま、そんな渾名《あだな》を持つ岡っ引は、何処《どこ》にでもゴロゴロいるが、武蔵屋がそういう類《たぐい》の連中を使うってことが、もう怪しい」

「では、どうすれば……」

「言ったであろう。鶴屋と亀屋が仲よくすればよいのだ。さすれば、別の道が開けてくる。はっきりしたことはまだ分からぬが、武蔵屋は浜松城主や新居関の公儀役人とも深いつながりがあるからな、奴の思うがままだ」

「はい……」

「俺にとっては、いや客にとっても、鰻丼の元祖や本家がどっちであろうと構わぬ。そうやって競い合ってきたからこそ、お互い美味いものを作り続けることができた。だから、ここで踏ん張らねば、どこでも似たような同じ味の、しかも大して美味くもない鰻丼が、この新居宿でも広まることになる。そんなことになったら、鰻の浜名湖、新居もいずれ落ちぶれることになる」

「…………」

「本家と元祖の意地の見せ所だと思うがな。こっちが腹開きで、あっちが背開きなどと言っているときではあるまい」

「――はい……でも……」

気弱そうな父親に比べて、倅の方は骨がありそうだった。何か深いことでも考えているような凜《りん》とした目で、正一郎を痛いほど見つめていた。

四

その夕暮れ――。

浜蔵一家の暖簾《のれん》にも縞模様が入っており、その屋敷は宿場の真ん中あたり、問屋場のすぐ隣に陣取っていた。高札場も近いことから、浜蔵一家の若い衆は、すっかり宿場役人のような態度で、通りをうろついている。

ぶらりと泰平が訪ねてきたとき、

――浜蔵親分を追いやった、あの浪人だ。

と、にこやかに振る舞っていた笑顔が、俄《にわか》にやくざの地金丸出しになって、威嚇《いかく》してきた。泰平はまったく気にする様子もなく、

「御免《ごめん》。浜蔵はおるか」

奥から出てきた浜蔵は、泰平の顔を見るなり、先刻とは違った穏やかな目で、

「これはこれは。本当にわざわざ出向いて頂けるとは、恐縮でございます」

腹に一物あるとは承知している泰平だが、その腹の中を探るつもりで来たのだから、少々、手荒い真似をしてもよいかと考えていた。

「鶴屋と亀屋の話は粗方《あらかた》、女将から聞いたよ。しかし、おまえも十手を預かっておきながら、小汚いことをするではないか」

「なんだとオ！」

いきり立ったのは子分たちだが、黙って聞けと、浜蔵は制した。

「名乗りもせずにいきなり、小汚いこととは、どういうことでしょう」

「いやあ、これは済まぬ。人でなしに挨拶などどうでもいいと思ったが、一応、言っておくか。俺は天下泰平。見てのとおり、素浪人だ」

ふざけた言い草に、さらに子分たちがざわめいたが、浜蔵はあくまでも冷静に、

「天下泰平とはまた人を食った名ですな。鶴屋の女将に何を聞いたか知りませんが、私どもは他人様《ひとさま》に後ろ指をさされるようなことはしてませんがねえ」

「おまえたちがしているつもりはなくても、迷惑を被《こうむ》っておるのだ」

泰平は上《あ》がり框《がまち》にドッカと座ると、

「どうだ、浜蔵。ここのところは俺の顔を立てて、二度と鶴屋に近づくのをやめてくれぬか」

「旦那の顔なんぞを、なぜ立てねばならないので？」

「立てられぬか、このツラじゃ」

「訳が分かりませぬな」

「言わずとも知れておろう。おまえはあの鶴屋をどかせて、真向かいにある亀屋と一緒にして、浜松亭ってのを作るつもりであろう。宿場の者なら誰でも知ってるようだが、そのやり口が気に入らぬ」

「どう気に入らぬのです」

「まず、女将とねんごろになろうとしたこと。それを拒まれて、今度は脅《おど》しに転じたこと。さらには、娘のお咲を危ない目に遭《あ》わせて脅そうとしたこと」

「誰もそんなことはしちゃいねえよ」

浜蔵は鼻で笑って、

「旦那も、あの女将の毒気に当たった口じゃねえのかい？　関わるとロクなことにはならねえよ。亭主みたいに死ぬことになる」

「その鶴屋の主人……死んだのは二年も前らしいが、おまえたちが殺したという噂も……」

「！………」

「女将はそのことも含めて、江戸まで訴えに出てたのだ。江戸の武蔵屋……そして、宿場役人はもとより、藩のお偉方も、武蔵屋とおまえたちの後ろ盾《だて》になっているからなあ」

「いい加減にしねえかい！」

怒声を浴びせて浜蔵は立ち上がった。同時に子分たちは長脇差を摑んで、泰平をずらりと取り囲んだ。

「アハハ。こりゃ愉快だ」

泰平は腹を抱えて大笑いした。

「何がおかしい」

「本当のことを言われると、人は怒るものだ。これで女将の言ったことが確かだと分かったよ。おまえたち、鶴屋の亭主を脅した挙げ句、殺したな」

「旦那……人ってのはねえ、根も葉もない出鱈目を言われたって、怒るもんですぜ」

ドスのきいた声で、浜蔵は泰平に臭い息を吹きかけて、

「今言ったことを謝って、おとなしく出て行くなら何もしねえ。けど、これ以上、言いがかりをつけるなら、きっちり始末をつけさせて貰いやすぜ」

「始末なあ……」

「俺は十手を預かる身だ。そっちに勝ち目はねえってこと、教えてあげますよ」

「さあ。勝負はやってみんと分からぬものだからな」

「しゃらくせえ！」

ブチ切れたように浜蔵が十手を振って斬りかかれと命じたとき、

「やめとけ」

と奥から声がした。

飯でも食っていたのか、爪楊枝をすうすう言わせながら出てきたのは、河田正一郎だった。槍を抱えている。

「おう。これは、また奇遇だな。今度は、こんな輩《やから》の用心棒か」

「どこかで会ったかな？」

河田が見ず知らずを装《よそお》ったので、またぞろ何か探索しておるなと察知して、泰平は一瞬、戸惑《とまど》ったものの、

「――どうやら人違いのようだ。昔、同じ釜《かま》の飯を食った奴と少し似てたものでな」

「言いがかりはこれくらいにして出ていけ。さもなくば……」

穂先の鞘をポンと振り捨てると、鋭く突き出してきた。思わず避けた泰平も、とっさに鯉口《こいぐち》を切って身構えたが、じりじりと間合いを詰めてくる河田に向かって、

「かなりの腕だな……」

「死にたくないなら、立ち去れ。宿場からもな」

「…………」

「どうする」

泰平は短い溜息をついて、

「どうやら浜蔵親分の言うとおり、勝ち目はないのかもしれぬな……邪魔したな」

と玄関から、後ずさりするように出た。

途端、子分衆のからかうような声が湧《わ》き起こった。


鶴屋に戻った泰平は、文句ばかり並べる文左の声に耳を塞《ふさ》ぎながら、

「だから、まあ聞け。このおっちょこちょいが」

「だって、旦那はあんな浜蔵なんか、ぶった斬って、千に刻んで海に捨ててやるって、女将に約束したじゃないですか」

「そんなことは言ってはおらぬ。話をつけると言ったのだ」

「話すらつけてないじゃねえですか」

「だから聞けと言ってるんだ」

泰平は文左の両肩をガッと掴んで座らせて、傍《かたわ》らで聞いていたおせんとお咲にも、じっくりと語るように、

「ご主人のことは、どうやら図星だった。だが、まだ証がない限りは、お上《かみ》も動くまい。相手は十手も握っているしな」

「だからって……」

「まあ、聞きなさい。槍の河田という者が、向こうについておる」

「槍の……」

「俺たちの仲間みたいなものだ。そいつが潜《もぐ》り込んでいるということは、何かもっとえらいことが裏にあるに違いない」

「えらいことって？」

「それは、まだ分からぬ。鶴屋と亀屋という本家元祖の争いだけではなく、新居宿すべてに関わるような利権の奪い合いがあるような気がするのだ。この地は、遠州灘沖を通る廻船《かいせん》の海の道でもあるからな」

「河田の旦那がそう？」

文左が割り込んで訊いたが、泰平は直《じか》に聞いたわけではなく、ちょいと調べて、河田が亀屋の用心棒になっていることも知った。

「奴が動いているのだ。何かあるに違いあるまい」

「泰平の旦那……」

疑《うたぐ》り深い目つきになって、文左は囁《ささや》くように、

「あまり、河田って人を信じるのもどうかと思いますがねえ。旦那は、公儀目付だと承知しているようやが、それとて怪しいものや。俺には何処か信じ切れん。第一、何を考えてるか分からんし」

「かもしれぬが、ここはひとつ、河田に任せてみぬか」

「旦那も人がよろしいなあ。俺はあの人、旦那ほどは信じてまへんから」

「――女将さん」

きちんと向き直った泰平は、少し言いにくそうにしていたが、

「女将さんはこの店の娘で、旦那は婿養子だったそうですな」

「はい。そのとおりですが?」

「しかも、亀屋で修業した人だった」

「それも間違いありません……何がおっしゃりたいのでしょうか。まさか、それで、亀屋の方が本当の本家だとでも?」

「そうではない。どうして、わざわざ敵対している店の者を、婿養子にしたのかと思ってな……宿場の者も〝七不思議〟と言ってるそうな」

「――そ、それは……」

言葉を少し詰まらせたおせんの横顔を、お咲はじっと見つめていた。何か事情を知ってのことらしいが、他人に言うことではないと黙っている様子だった。

文左はそのことに勘《かん》づいたのか、お咲の横にちょこんと座って、

「ねえ、お咲ちゃん。俺がついててあげるから、安心するんだぜ。周りの大人たちは、何を言い出すか分かったもんじゃないからな。でも、俺はお咲ちゃんの味方だ。一生、ああ、一生、面倒見てもいいと思ってるんだ」

「ごめんなさい……」

お咲はさっと立ち上がって、奥の部屋に消えた。おせんも何か訳知り顔で、黙って見送っていた。

五

暮れ六つ（午後六時）の鐘《かね》が鳴った。薄暗い中で、パタパタ飛んでいた蝙蝠《こうもり》の姿が何処かへいなくなった頃、ぼんやりと浮かぶ稲荷《いなり》神社の灯籠《とうろう》の前に、男の影が浮かび、そして、今ひとり、女の影が寄り添った。

「――お咲……大丈夫だったかい……」

「ええ。万治郎さんも……」

お咲を迎えたのは、万治郎だった。鶴屋のひとり娘と亀屋の跡取り息子が、人目を忍んで会っていたのである。

「万治郎さん……私もう、耐えられない」

「俺もだ。いがみ合っているうちの親父とお咲のおふくろさんの手前、罵《ののし》りあったりしてたが、こんなことはもうよそう」

「でも、私たちのこと、許してくれるとは思えない。どうしたら、いいと思う?」

「その前に、聞かせたいことがあるんだ、お咲にも」

「え?」

「実はうちの用心棒に来た河田という侍が、武蔵屋の手先だと思ってたのだが、うちと鶴屋が一緒に戦った方がいいというんだ」

「戦うって誰と?」

「もちろん武蔵屋だ。こいつは浜蔵親分と組んでて、鶴屋と亀屋をぶっ潰す勢いで、新居宿の利権を自分の手に納めようとしてる」

新居宿は関所があるため、旅籠に飯盛女《めしもり》を置くことは禁じられている。それゆえ、宿場の風紀は乱れていなかったが、旅人は楽しみが半減し、浜蔵たち地廻りにとっても稼ぎが薄かった。

それゆえ、舞阪の渡し船の運上金や飛脚《ひきゃく》や人馬継立《じんばつぎたて》などに関わる利権も、浜蔵が牛耳《ぎゅうじ》っていた。さらには、新たな湊《みなと》を浜名湖の海岸に作って、荷船を立ち寄らせて、浦賀《うらが》や下田のような海の関所まで作ろうとしている。

その事業で動いていたのが、新居関所に詰めている関所奉行・江藤新九郎《えとうしんくろう》である。むろん、このことは、若い万治郎とお咲はまだ知らない。いや、おせんと万吉もはっきりとは分かっていないことだった。

「お咲も知ってのとおり、幕府から関所奉行が送られてきているのは、この新居だけだ。与力が十五騎、同心五十人という大所帯だから、藩としても何かと気苦労が多いらしい。そのツケを俺たち宿場の者に押しつけている」

関所の運営が吉田《よしだ》藩に移されるのは、もう少し時代が下って、元禄《げんろく》十五年（一七〇二）のことである。

かつて、由井正雪《ゆいしょうせつ》の乱の折、一味が箱根の関を抜けて逃げてから、余計に新居関の任務が重くなった。高札場に掲げられる、頭巾《ずきん》や乗り物を外させることや、公家や門跡などの通行に関わる条項の他、「入り鉄砲《でっぽう》に出女《でおんな》」が厳しく実践された。殊に、女の出入りは、上りも下りも厳しかったから、おせんが江戸まで行ったことは役人に筒抜《つつぬ》けだった。

「だから、浜蔵がおふくろさんの命まで狙っている節があるんだ。いくら訴え出たとしても、訴人《そにん》が死んでしまえば、それで吟味《ぎんみ》は立ち消えになるからな」

「うちのおっ母さんが江戸に行ったのは……」

「分かってる。本家と元祖の争いのことではない。お咲のお父っつぁんの死に不審があるから……でも、あまり深入りしちゃ、元も子もなくなる」

「じゃあ、どうしたらいいの？」

万治郎は黙って考えていた。

「——一緒に……逃げないか」

「逃げる……」

「このままじゃ、どうせ店は両方とも潰されてしまう。『浜松亭』が江戸や大坂、名古屋などで、色々な店を買い取って、安かろう不味かろうの店を作ってる。いずれ、俺たちの店も飲み込まれてしまう」

「まさか、そんなことは……」

「なるんだ。武蔵屋の裏には殿様だけじゃない。江戸の豪商や幕閣たちも噛んでいる。尋常な商いの仕方じゃないんだ……講みたいなのを作って、一口幾《いく》らと大勢の人たちに金を出させてる」

「お金を?」

「ああ。ほとんどは江戸や大坂の、金の余ってる商人だが、商売が繁盛《はんじょう》すれば、その講で貰った金の〝預かり札〟に、額面の五分あるいは六分もの利子がついて戻ってくる。いや、下手をすりゃ、何倍にもなるっていう。だから、講で集めた金にモノを言わせて、俺たちの店なんか……」

「ちょっと、待って」

お咲は寄り添っていた万治郎から離れて、

「難しいことは分からないけれど、じゃあ、おっ母さんと、万治郎さんのお父っつぁんはどうなるの?」

「武蔵屋は別に只《ただ》で店を取ろうってンじゃない。それなりの金を払うって言ってるんだ。だから、別の商いだってできる」

「そんなことしたら、お祖父《じい》さんたちが始めた店がなくなるんだよ。もしかして、万治郎さん……鰻屋が嫌《いや》になったの?」

「そうじゃない。お咲、俺とふたりで、何処か違う土地に行って、一緒に鰻屋をやらないか? 俺ア、まだまだ半人前かもしれねえが、新しいことも考えてるンだ」

「新しいことって？」

「もっと美味いものを作って、他人様を吃驚《びっくり》させたいんだよ」

当時、鰻は、白焼きか、それに味噌を塗って焼くのがふつうだった。それを、鶴屋と亀屋は味噌の上澄みの醬《ひしお》や味醂《みりん》、酒、砂糖などを混ぜた独自のタレに浸《ひた》して焼いていた。鶴屋も亀屋も、〝半助〟と呼ばれる鰻の頭を焼いたものをタレにつけ込んでおいてコクを出した上に、江戸風の蒸し方や焼き方にも工夫が凝《こ》らされていた。

「子供は鰻の身を刻《きざ》んだ方が喜ぶし、それを熱々の御飯に挟んだり、茶漬けみたいに出し汁で食べたりもできるようにするんだ」

「…………」

「なあ、お咲……このままじゃ、どうせ親父たちは俺たちの仲を許さないだろう。おまえとなら、一から何でもできる気がするんだ」

「それは……」

私も同じ気持ちだと応えたかったが、親に黙って駆《か》け落ちするということが、お咲にはずるいことに思われた。だが、万治郎は本気だった。

「お互い仕度もあろう。きちんとしておかなくちゃならないこともある。けれど思い立ったら吉日ともいう。明日の同じ刻限……宿場外れの無用松の前で待っている」

「無用松……」

街道から少しずれていて、日陰にもならないし暴風除けにもならず、何の役にも立たないからそう呼ばれているが、結構な目印になった。

「そこから、上方《かみがた》に行こう。俺たちを助けてくれる知り合いがいて、すでに文を送ってあるんだよ」

「で、でも……こんなことしたら、おっ母さんたちの二の舞になっちゃう」

唐突なお咲の言葉に、万治郎はえっと目を見開いた。

「おっ母さんたちの二の舞って、どういう意味だい、お咲」

「万治郎さんは知らないの？」

お咲が少し口ごもったとき、何か騒々《そうぞう》しい声がした、鳥居の方から境内に駆けてくる人の姿が見えた。鶴丸と亀甲の印半纏を着た店の者たちであった。

その後には、おせんと万吉の姿もある。ふたりとも心配そうな顔で、

「なんだい、おまえたち、こんな所で！」

おせんは大声を上げながら走り寄ると、平手でお咲の頬を張って、

「二度と万治郎には近づくなって言ったでしょ。それとも何かい？　万治郎の方がたぶらかしたのかい」

「おっ母さん、私……」

何か訴えようとするお咲の手を引っ張りながら、

「万吉さん。あんたも薄々、感じてたんだろうけど、おたくの息子は私の娘を騙《だま》そうとしてるんだ。お咲はうぶだから、誘われるままに来たんだろうが、こんなことをするなら、金輪際、口もきかないからね」

「そっくりそのまま返すぜ、おせん」

「なんだって」

「伜に色目を使って惑わしているのは、おまえの娘の方じゃないのかい。跡取りがないもんだから、またぞろ、うちから引っこ抜くつもりかね」

「よく言うわよ。自分の店が傾きかけたからって、浜蔵と一緒になって、うちの人を殺したのも万吉さん、あんたじゃないの！」

思いの外、強く言ってから、おせんはハッと口をつぐんだ。万吉の方も、なぜか辛そうな顔になったとき、

「それは違うよ、絶対におっ母さん……」

と、お咲が呟いた。

「……そんなこと、するわけないじゃないの。仮にも、私のお父っつぁんは、亀屋の

職人だった。万吉おじさんも一緒に、それこそ同じ釜の飯を食べながら、いいえ、炊きながら、競い合ったって聞いてるよ」

「誰がそんな……」

「死んだお父っつぁんからに決まってるじゃないか」

「………」

「おっ母さんも素直になってよ……でないと私たち……」

お咲は覚悟を決めたように言った。

「私たち本当に、本当に手に手を取って逃げちゃうよ」

「何をばかなこと……」

娘の気迫に押されたおせんは、少しばかり身を引いたが、もう一度、ガッとお咲の細い腕を掴むとスタスタと参道の方へ戻りはじめた。

見送っていた万吉は、息子の背中を叩いて、

「――おまえも、余計なことをするんじゃないぞ。そんなことしたら、俺は……俺は絶対に、許さんからな」

と消え入るような声で言った。

そんな親子の情景を――。

境内の片隅から、浜蔵の子分が冷ややかな目でじっと見ていた。そして、灯籠の光から身を隠すように後ずさりすると、ニンマリと不気味な笑みを洩《も》らした。

六

その夜遅くまで、鶴屋の離れでは、おせんがお咲を目の前に座らせて、万治郎は諦めろと懇々《こんこん》と言い含めていた。お咲は悲しげに眉尻《まゆじり》を下げたままで、じっと聞いていたが、

「――そういうおっ母さんは、それでよかったの」

と訊《き》き返した。

「え……？」

「悔やんでないの、自分の人生を……私を産んだことを」

「何を言い出すの、この娘《こ》ったら」

「本当は、おっ母さん……」

お咲はうっすら涙を浮かべながら、じっと見つめ、

「万治郎さんのお父っつぁんと、恋仲だったんでしょ？」

「!?――」

「一度は駆け落ちした。だけど、お祖父さんたちに捕まってしまった。そうでしょ?」

「…………」

「お祖父さんたちは、それこそ本当にいがみあっていた。だから、おっ母さんと万吉おじさんを一緒にさせたくなかった。もし、ふたりが一緒になったりしたら、鶴屋と亀屋は味がまじっちゃうンだものね」

おせんは困惑して目を逸らし、俯《うつむ》いたままだった。

「うちのお祖父さんと万治郎さんのお祖父さんは話し合って、強引に、亀屋で修業していたお父っつぁんをおっ母さんとくっつけて、万吉おじさんの入る隙間をなくしてしまった。そして、万吉おじさんの方も宿場役人さんに縁のある人……おばさんを貰った」

「誰がそんなこと……」

「これも、お父っつぁんから聞いたのよ。本当は自分のことなんか、好きじゃなかったのに、申し訳ないことをしたって……お父っつぁんがあんなことになる少し前にね」

「…………」

「もしかしたら、何か察していたのかもしれない……自分が殺されるって」

「まさか……」

「本当はおっ母さんも、万吉おじさんと、やり直せないかって思ってるンじゃないの？　万治郎さんのおっ母さんも昔、流行病《はやりやまい》で亡くなってるからね。でも、その気持ちをうまく表せない。だからこそ、わざといがみあってるンじゃないの？」

「馬鹿なことを……」

お咲は両手を膝《ひざ》の前について、必死にすがるように、

「お願いです、おっ母さん。私たちのこと、認めてくれませんか。万吉おじさんにも、そう言って下さい。そしたら、私たち一緒に力を合わせて頑張れる気がするんです。武蔵屋なんかに負けない気がするんです」

そう訴えたが、おせんは少し苛《いら》ついたように息を継いで、

「――あんたたちは……まだ若いから、そんなことを言うんだよ。そうよ……お父っつぁんから聞いたとおり、私は万吉さんと添い遂げようと思ったことがある。でも、鶴屋と亀屋が不仲だから一緒になれなかったわけじゃない。他にも色々あるんだよ」

「色々って、何？」

「そんなこと知っても仕方がないこと」

思い直したように、いつもの気丈な顔つきになると、

「いいわね、お咲。おまえに相応《ふさわ》しいお婿さんは私が見つけてくるから、決して軽はずみなことはしちゃだめだよ。分かったね」

「おっ母さん……」

「ハイ。話はここまでッ」

立ち上がって、渡り廊下に出ると、湯上がりの泰平と文左が立っていた。あらっと困惑して俯いたおせんに、泰平が声をかけた。

「立ち聞きとは悪かったが、気になったものでな」

「無粋《ぶすい》なところを、お見せしてしまいました」

「亀屋とはそういう因縁《いんねん》もあったのだな。余計なことかもしれぬが、娘さんの願いを聞いてやってはどうかな」

「それは、できません」

「しかし、相手の万治郎とやらも、その気なら、お咲の言うとおり、呉越同舟でこの苦難を乗り切れるやもしれぬぞ。おせんさん、あんたにとっても、悪い話ではないと思うがな」

「そうだよ、女将。自分がされたことを、娘にまで押しつけるなんざ、母親じゃねえ

や。娘にだけは幸せにって……」

「お言葉ですが、これ以上、立ち入ってこられても困ります。こうするしかないのです」

「こうするしかない？」

泰平が訝《いぶか》しげに見やると、おせんは頭を下げたまま、ふたりの前を通り過ぎた。

それを見やったが、泰平はお咲に向かって、

「あんたも早まったことをしちゃいかんよ。まあ、俺に任せなさい」

「任せなさいって、どうするんだよ」

と文左が食いついてきた。

「浜蔵には追いやられるしよ。しかも、関所役人までついてるとなりゃ、厄介の上塗りになっちまわないかなあ。それに……お咲ちゃんに、そこまで言い交わした相手がいるとなると、俺ア、ちょいと気が萎《な》えたなあ」

「小さい奴だな。それでよく、日の本津々浦々まで、自分の店を網の目のように張り巡らせるなんて言えるもんだ。諦めて、とっとと天満《てんま》に帰れ」

「なんだ、その言い方は。俺だって真剣にだな……」

「おまえの寝言は聞き飽《あ》きた。うるさい、黙れ」

「うるさいとはなんだ、うるさいとは」

ふたりが言い争っている間にも、お咲は胸が痛むのか、俯いたまましくしくと泣いていた。元は〝荒井〟らしい海鳴りだけが、ザザンと響いていた。

「――君恋ふる涙しなくは唐衣《からころも》　むねのあたりは色燃えなまし」

お咲の後ろ姿を見ながら、泰平はそっと囁いた。

「なんだ、そりゃ」

「これも知らんのか、紀貫之《きのつらゆき》だ……涙が流れなかったら、体も燃えてしまっただろうってよ……ああ、俺もそんな気分だ」

ぽわんと女将の姿を思い浮かべていた。


翌朝、浜蔵が亀屋を訪ねて来て、呼び込みをやっている万治郎に声をかけた。

「耳寄りな話があるんだ。ちょいといいかい？」

「私にですか」

「ああ。親父には聞かれない方がいい。お互いのためにな」

万治郎は俄に不安に駆られたが、ぼそっと耳元で、お咲のことだよと言われて、浜蔵についていくしかなかった。

海辺に行くと、沢山の杭《くい》打ちがされており、沖の方に向かって石垣が延びている。作りかけの湊である。この沖合に廻船が停泊し、艀《はしけ》によって荷改めをすることが、数年後には実施されると決まっている。

しかし、この淡水と海水が入り混じる辺りには、大小の河川が流れ込み、実に沢山の魚介類が豊富に獲《と》れた。スズキ、サヨリ、ハマグリ、シジミ、コノシロ、ボラなどを扱う漁師たちが、かつて徳川家康から特権を貰って営んでいた。独占漁業の特権がある代わりに、運上金は高かった。

その漁師たちにも、武蔵屋は金にモノを言わせて立ち退《の》かせ、海の関所ができることによって、様々な巨額の儲けを得ようとしていたのである。

「分かるか、万治郎。おまえたちがやっていることは、〝目くそ鼻くそ〟のことなのだ。関所が大きくなれば、逗留する人々が莫大《ばくだい》な数に増え、宿場も広げねばなるめえ。船荷を扱う蔵もどんどん造る。いや浜名湖辺りだけの話じゃねえぞ。遠州灘に面する白須賀《しらすか》から浜松、さらには掛川、日坂などに至る物の流れの大きな要《かなめ》となるんだからよ」

「そんなことが……」

「そうなると、丁度《ちょうど》、鶴屋と亀屋のある場所が、関所を置くのに都合がいいんだよ。

だからこそ、おまえの親父と鶴屋の女将に話を持ちかけているのに、ふたりとも承知しやがらねえ」

「ふたりとも?」

「ああ。仲が悪いくせによ、立ち退きだけは仲よく反対しやがる。だが、その訳が、ようやく分かったよ」

浜蔵は意味ありげにニヤリとなって、

「まあ、それはじっくりと後で、お咲に聞けばいいやな」

「お咲に……? どういうことです」

「そんなに目くじらを立てるなよ。こちとら、お咲に頼まれて、おまえにいい報《しら》せを持ってきただけだからよ」

「ええ?」

「今宵の暮れ六つ、昨日、おまえに言われたとおり、無用松で待ってるってよ」

信じられないという顔になった万治郎に、ほれと渡したのは往来手形と関所手形だった。俺が直々《じきじき》に、関所奉行に取り入って作って貰ったと言った。

「むろん、宿場名主の名もある。正真正銘《しょうしんしょうめい》の手形だ。駆け落ちするなら、これくらいのものは用立てねえでどうする」

「…………」

「ほら。これで、堂々と何処の街道でも歩ける。人目を忍ぶ旅をしなくて済むんだ」

差し出した浜蔵の手から、万治郎は思わずひっ摑むように手形を取った。

七

翌日も、いつもと変わりなく、宿場の往来は人の波でごった返していた。殊に、鶴屋と亀屋の前では、人溜まりができて、流れが滞《とどこお》るほど賑《にぎ》わっていた。

その和やかな雰囲気を搔《か》き乱すように、

「どけ、どけイ！」

怒声があがった。

陣笠陣羽織《じんがさじんばおり》の仰々《ぎょうぎょう》しいいでたちで、関所奉行の江藤新九郎が人混みを搔き分けて、鶴屋と亀屋の前に立った。数人の同心たちが六尺棒で、

「控えろ！　関所奉行江藤様であらせられる！　御用だ、控えろ！」

と声を上げると、旅人たちは何事かと路肩に寄って平伏した。

「亀屋万吉並びに鶴屋おせん。双方とも表に出てこい！」

腹の底から唸《うな》るような江藤の声に、万吉とおせんは転がるように姿を現した。

「これはお奉行様……一体、なんの騒ぎでございますか」

気丈にも、おせんの方が尋ねた。

「騒ぎを起こしたのは、おまえたちの息子と娘だ。控えろッ」

江藤が険しい声を発すると、万吉はびくりと腰を屈めたが、おせんは一歩も引かずに、むしろ睨み上げるように、

「私の娘が一体、何をしたというのです。娘なら……」

と言いかけて、言葉を呑んだ。昨夜から姿が見えないのは承知している。だからこそ、番頭や泰平たちに頼んで、夜通し探して貰っていたからだ。

「家にはおるまい。万治郎とお咲は、畏《おそ》れ多くも関所破りをした」

「ええ!?」

「しかも、駆け落ちだそうじゃのう。家長に黙って、勝手に逃げたるは、人としての道に外れる所行であるぞ」

「あのふたりが……」

手代に見張りをさせていたが、昨日の昼は体の調子が悪いからと横になっていた。一昨夜のこともあるし、様子を見に行ったおせんだが、反省をしているふうだったの

で、すっかり安心していたのだ。だが、心の奥では、

――やはり、そうか……。

という思いに駆られた。胸の奥に、長い間、仕舞い込んでいたものが、じわじわと溢《あふ》れ出てきた。おせんはふいに突き上げられるように、

「何処へ行ったのですか、ふたりは……どこへ！」

まさか心中でもしようとしたのではないかと、おせんは勘繰《かんぐ》ったのだ。それは、万吉も同じ思いだった。江藤はふたりの気持ちを察したのか、

「案ずるな。死んではおらぬ……だが、一歩、間違えれば、どこぞで心中していたやもしれぬ。心中は御法度《ごはっと》。生き残ったとしても、三日晒《さら》した上で獄門《ごくもん》だ。関所破りも磔《はりつけ》……そして、鶴屋と亀屋は闕所《けっしょ》となる」

と断じた。私財をすべて取り上げられた上で追放され、店の営業は停止である。

「お奉行様……」

万吉とおせんが肩を並べて、縋《すが》るような目になると、江藤は微《かす》かに笑みを浮かべた。

「息子と娘の〝みちゆき〟のせいで、先代から続いた味の名店が終《しま》いじゃのう」

「……娘たちは、どうなるのですか」

おせんが恐る恐る訊くと、

「言うたであろう、関所破りは死罪である。だが……」

「だが？」

万吉が身を乗り出した。

「鶴屋と亀屋から立ち退き、お上に引き渡せば、命だけは助けてやろう」

「命だけは……」

「どうじゃ。おまえたちにとって、願ってもない話ではないか？」

不満そうな顔になるおせんをチラリと見やった江藤は、

「嫌なら、別に構わぬ。いずれにせよ、闕所は間違いない。こっちは私財をぜんぶ取ろうというわけではない。子供たちの命も助けてやろうというのに、さような顔をされるなら、たった今、即刻、おまえたちを捕縛《ほばく》し、吟味をすることとする。引っ捕らえい！」

と声を発すると、同心たちが、おせんと万吉に縄をかけようとした。

「まあ、待ちなさい。道中奉行」

ぶらりと鶴屋から出てきた泰平は、無粋に懐手で顎《あご》を撫《な》でながら、

「初手《はな》からいきなり、ブチかますような手口はどうも頂けぬなア」

「誰だ、貴様」

「天下御免の風来坊、天下泰平と呼んで貰いたい。もっとも、近頃は、天下泰平よりも五穀豊穣《ごこくほうじょう》の方が有り難《がた》いようだがな」

「ふざけた奴。邪魔だてすると、貴様も召し捕るぞ」

「ほう。何の罪で」

「罪など後で、何とでも付け加えることができる。さしずめ、お上に逆らった咎《とが》だな」

「さようなことができるなら、やってご覧あれ」

涼しい目で江藤を見つめると、同心たちがザッと取り囲んだ。路肩に座ったまま見ている者や、遠巻きに眺めている野次馬に、

「皆の衆。つまらぬ怪我をしちゃいかんから、離れてなさい。ささ、離れて」

と泰平が言った途端、ふざけるなと同心が斬りかかってきた。

一寸で見切って、相手の刃《やいば》をかわすと、泰平はその勢いを借りて、次々と地面や旅籠などの壁に叩きつけた。天水桶《てんすいおけ》がぶっ倒れて、同心たちは水びたしになった。あまりにも鋭く速い動きに、鉢巻きに襷がけの捕方たちは怯《ひる》んでしまい、突っかかってもこなかった。

それでも、同心たちは武士の沽券《こけん》に拘わるとばかりに、次々と刀を打ちつけてきた。

――すうっ。

と腰を低くした次の瞬間、居合で抜き払った泰平の龍門国光が一閃《いっせん》し、同心たちの刀をまるで磁力でもあるかのように吸いつけ、そのまま宙に弾き飛ばした。

あっという間に刀を失った同心たちは、脇差を抜こうとしたが、もはや勝てぬと思ったのか、すっかり腰が引けてしまっている。

キッと鋭い目で江藤を振り返り、じわりと間合いを詰めながら、

「この経緯《いきさつ》、御公儀と浜松藩主青山忠重《あおやまただしげ》公はご承知か。忠重公は、先年の干ばつの折、検見《けみ》を行い、やむを得ず年貢《ねんぐ》を上げたものの、その甲斐《かい》あって、人々の暮らしは上向きになり、浜町の町検分も実施し、きちんとした町絵図まで作っている御仁だ」

「だから？」

「つまらぬ言いがかりをつけて、下々の者から物を取り上げるようなことはせぬ、ということだ。それとも、江藤どのが道中奉行の権力を笠に着て、つまらぬ地廻りと結《けっ》託《たく》しての独断か」

「無礼者！　これは、御公儀の関所破りについての詮議《せんぎ》である！」

「ならば、とっとと、その関所を破った者を吟味して裁くのが筋。それと引き替えに店を渡せとは言語道断。それで正義面されても、片腹痛いわい」

ズイと出た泰平のその偉容に、江藤がわずかに気圧《けお》されたとき、ぞろぞろと浜蔵が子分衆を引き連れて出てきた。その中に、河田正一郎もいたが、今度は突っかかってこなかった。

「ほれ見ろ。おまえの子分がやってきたぞ、油虫のように」

なにをッと長脇差を抜こうとした浜蔵に、江藤はやめいと声を発した。だが、浜蔵は諦めきれずに、

「先生！　また、こいつを叩きのめして下せえ！」

と声をかけたが、河田は素知らぬ顔をしていた。

その顔を――。

凝視した江藤は、ほんの一瞬、誰にも分からないほどだが、息を呑んだ。

「浜蔵、手を出すな……天下泰平とやら。おぬしの言うことは、もっともだ。だが、それがしの善意を踏みにじったことで、丸く収まるものが収まらずとも……知ったことではないぞ」

踵《きびす》を返す江藤に向かって、文左がからかうような笑い声をあげて、

「ぎゃはは。尻尾《しっぽ》を巻いて帰るとは、このこった、うはは！」

と言ったが、誰も同調して笑わなかった。宿場の者たちの中にも、妙な緊張感が流れていた。それは、江藤に逆らったがために、とんでもないことが起こるのではないか、という恐怖心だった。

おせんは愕然《がくぜん》とその場に座り込んだが、万吉はそれまでに見せたことのない、険《けわ》しい目をしていた。そして、おせんの肩にそっと手を添えて、

「心配するな。倅たちに、指一本、触れさせないよ……大切な子供たちに、こんな思いをさせたのは、俺たちだ……だから私は……」

「万吉さん……何をするつもり」

「何もしないよ。しないが……子供たちを獄門に晒させたりしない。そして、鶴屋と亀屋も守る……いいね」

そんなふたりを、泰平と河田はそれぞれ同情の目で見ていた。

八

新居関所の面番所《おもてばんしょ》は旅人の手形や荷物を改める所で、番頭や下改役、足軽勝手ら

数十人が詰めていた。不審者は詮議所でさらに、追及を受けることになるが、宿場で起きた不祥事なども扱っていた。

詮議所の隣には、弓矢、鉄砲、槍などがずらりと並べられており、ちらりと見るだけでも、恐ろしくなるほどだった。言うことを聞かない旅人には、武力で押さえつけるぞという暗黙の畏怖《いふ》を植えつけていた。

お咲と万治郎も、詮議所の小さなお白洲《しらす》に連れて来られて、悲痛な顔で俯いていた。

——いっそのこと……。

死のうと、お咲は隠し持っていた剃刀《かみそり》で、喉を切る仕草をした。万治郎も覚悟を決めたのか、穏やかな顔で頷き返した。母親と父親のことも、お咲から、牢内で聞いていたが、万治郎も薄々とは感じていたことだった。

「すまないな、お咲……俺はてっきり、おまえが本当に無用松で待っているかと」

「私もよ、万治郎さん……あなたから呼び出されたと思い込んでいた。でも、これが罠《わな》だったなんて……」

「ああ。お父っつぁんたちに、とんでもないことをしちまった」

ふたりが涙顔で向かい合ったとき、引き戸が開いて、江藤が入ってきた。書方の同心も一緒にきて、所定の文机《ふづくえ》の前に腰を下ろした。

「どうやら……おまえたちの親は血も涙もないとみえる」

江藤が口を開いた。

物静かな言い方だが、怒りを嚙みしめているようでもあった。

「子供の命よりも、店の方が大事と見える。さすがは鶴屋と亀屋。商人道とは、かくあらねばの。褒めてつかわそう」

皮肉を言ってから、江藤はさらに続けて、

「だが、おまえたちの為《な》したことは、褒められることではない。覚悟はできておるな」

「もちろんです。でも、私たちは……」

「私たちは、なんだ」

「騙されたのでございます。浜蔵親分に、往来手形と関所手形を渡されて」

「下らぬ。もし、そうだとしても、本物かどうか確かめなかった、おまえたちにこそ非があるのではないか？　そもそも駆け落ちをする魂胆《こんたん》が、親への不孝というものだ」

きつい言葉で断じてから、江藤は威儀《いぎ》を正して、

「関所抜けの一件、認めるな」

と問い詰めた。お咲と万治郎は、諦めの境地からか、やったともやってないとも答えなかった。そして、お咲は剃刀を取り出して、自分の喉にあてがった。

「私たちは恋に生き……恋に死んでいきます……」

不思議と穏やかな表情で、お咲はそう言った。江藤は鼻で笑って、

「それもよかろう。こちらで処刑をする手間が省ける」

と吐き捨てたとき、激しい足音とともに、万吉が転がり込んできた。関所役人が羽《は》交《が》い締めにしているが、それでもズンズンと押し入ってきて、

「やめろ！　死ぬンじゃない！」

懸命に万吉は叫んだ。

「お父っつぁん……」

振り返る万治郎は、その必死の形相の父親を見て、思わず腰を浮かせた。お咲もびっくりして見ていた。

「俺が……俺が、お咲ちゃん、おまえさんのおっ母さんと一緒になれなかったのは……そうしなきゃ、時の関所奉行に殺されたからだ……同じようなことをしたためにな」

「ええ!?」

お咲と万治郎は顔を合わせた。

「因果は巡る……だけど、死ぬな……おまえたちには、まだ先がある。ああ、鶴屋と亀屋を一緒にしてもいい。そのためなら、俺が命を賭《か》ける」

いつも気弱そうで、はっきりと物言わぬ万吉の今の姿を見て、万治郎は驚いていた。お咲も同じ気持ちだった。

「あの時……二十年も前のあの晩、俺がもっと強い気持ちでいれば、おせんと一緒になれたかもしれない。けれど、俺以外の誰でもいいから一緒にならないと、関所奉行の慰《なぐさ》み者として連れていかれることになっていたんだ！　親は俺たちに反対してた……だから、苦肉の策で……済まん。こんなことを今更……そのことが、ずっとわだかまっていた……俺は、おせんを奪ってでも逃げればよかったのだ……おまえたちには、済まないことをした」

全身を震《ふる》わせながら、涙ながらに語る万吉に、江藤は無礼者と怒鳴りつけ、

「お白洲を汚しおって！　この痴《し》れ者めが！」

と立ち上がって、鉄扇《てっせん》で万吉の頭を打ちつけた。ガツンと鈍い音がして、つうっと額から血が流れ出てきた。だが、万吉は睨み上げて、

「あの時の関所奉行は、あんたの父親だ。分かるか、まだ幼少だったあんたの知らぬことだがな。人の親がする所行ではあるまい。親子揃って悪行に手を染めるとはな！」

「おのれ、愚弄《ぐろう》するにも程があろう」

「いいや。鶴屋と亀屋があるのは、他にも意味があるのですぞ。浜松は神君徳川家康公が岡崎からこの地に移ってきて、三河から遠江、駿河と甲斐、そして信濃へ支配を広げていったのです。その東海道の要である新居宿にこそ、徳川家の財宝が眠っている。〝イザ鎌倉〟のときの軍費です」

「…………」

「それを預かっていたのが、鶴屋と亀屋。世に隠して、それを守るのが、代々の務め。鰻丼屋を始める、ずっと前の旅籠や木賃《きちん》宿の頃からのね……だから、二つの家は、決して一緒になってはならない、決まりがあったのです」

不正に財宝を処分することのないよう、お互いを監視するためである。お咲と万治郎は驚きの目で聞いていた。

「お奉行は、その財宝のことを知って、うちと鶴屋を立ち退かせようとした……違いますか。新居に新たな海の関所というのも、ただのでっち上げ……いずれ頓挫《とんざ》させるつもりでしょう。すべては、こっそりと家康公がイザというときのために隠している財宝が狙いです」

「下らぬことを……言いたいのは、それだけかッ。愚《おろ》か者めが！」

さらに鉄扇で叩きつけようとしたとき、

——ブン！

と唸る音を立てて、槍が詮議所のお白洲に突き立った。

驚いて見やった江藤の目に飛び込んできたのは、河田正一郎の姿だった。頰が震えて、しだいに目が鋭くなってきた。

「先刻、俺の顔を見たとき、驚いたようだが、どうやら覚えがあるようだな」

「…………」

「同じ組ではなかったが、お互い大番組でその腕を競い合った仲ではないか。なあ、江藤新九郎……おまえも昔は青雲の志があって、随分と、上の者の不正を問い質《ただ》すため、遠慮なくものを言ってたが、江戸を離れてからは、かような〝荒事〟をやっていたか」

「槍の河田か……まさか、おまえが諸国見廻り役になっているとはな。なるほど……だから、俺を探るために浜蔵の所に……」

「そういうことだ。悪いが、あの後、浜蔵は少々、痛い目に遭わせて喋らせた。武蔵屋も正直に吐いたぞ。すべては、おぬしに命じられて、やっていたことだとな……もっとも、鶴屋と亀屋の財宝のことは、知らなかったようだが」

「うぬ……」

「奴らも、とどのつまりは、おまえの欲の使いっ走りだったわけだ」

「黙れ、河田。おまえひとりが喚《わめ》いたところで、柳沢様が信じると思うか」

「なるほど……おまえもまた、柳沢吉保に操られていたというわけか。すべてを悔いて、この場で果てるならば、御家断絶だけは免《まぬか》れよう。おぬしこそ、代々、続いた関所奉行の御家柄を潰したくはあるまい」

「何を偉そうに……」

「刃向かえば、斬り捨て御免だ」

正一郎が一歩、歩み寄ると、江藤はいきなり脇差を抜き払って、斬り込んできた。その鋭い剣捌《さば》きは、さすがに将軍を護《まも》る大番組の組頭だっただけに迫力があった。

とっさに避《よ》けたが、横合いから鋭く打ち込まれるうちに、ようやく抜き払った正一郎の刀を、江藤は脇差でもって弾き飛ばした。

「槍がなければ、並の侍よのう……おまえこそ、死ね。こやつらと同じ関所破りの浪人として葬《ほうむ》ってくれるわッ」

正一郎も飛び退《すさ》って、脇差を抜き払ったとき、関所役人らが鉄砲や弓矢を抱えて狙いを定めた。火薬の臭いがぷうんとする。すぐにでも発砲するつもりだ。このままでは、お咲と万治郎たちも巻き込まれる。

そのとき——。

「いつも、おぬしだけが、いいところを持ってこうとするなあ」

と生えかけの月代《さかやき》をガリガリ搔きながら、泰平が入ってきた。

「おまえも、隠密《おんみつ》の仲間か」

江藤が切っ先を向けると、泰平は違う違うと手を振るふりをして、鉄砲を構える役人たちに鋭く小柄《こづか》や扇子《せんす》を擲《なげう》って、一瞬のうちに鞘走り、手足を斬り裂いた。返す刀で、江藤の脇差を叩き落として、

「どうする、河田。ついでに、こいつの首も刎《は》ねるか？　その方がスッキリするぞ」

と泰平が喉元に切っ先を突きつけると、正一郎はそれには及ばぬと答えた。

「後は、俺が……こいつも悪い奴ではなかったのだ……金に目が眩《くら》んだか……魔が差したか……どうもな、人というものは、誰も見てないと、妙な悪さをする生き物とみえる」

「そうか——ならば、任せた」

泰平はサッと江藤の髷のもとどりを切り払うや、

「このふたりと万吉は、この俺が引き取って帰るぞ」

とニコリと笑って、刀を鞘に戻した。


その翌日――泰平と文左は新居宿を後にした。

何となく名残惜《なごりお》しそうな文左の背中を、泰平はポンポンと叩いて、

「諦めろ。お咲のような可愛い娘は、まだまだいるだろうよ」

「そうかなア。あんな別嬪《べっぴん》、そうそういねえよ。それに、旦那だって本当は、あの女将としっぽりとやりたかったんでしょうが」

「違うと言えば嘘になる」

少し寂しそうな顔で、泰平は笑って、

「しかし、何十年かぶりに、おせんと万吉は仲良くなったのだ。まあ、娘と息子が祝言《しゅうげん》を挙げるのだから、おせんたちが一緒になるわけには参らぬがな」

「でも、子供らが一緒になったってことは、女将さんと万吉さんは、義理の夫婦ってことですよねえ。義理の夫婦ってことは、義理の契りを結んでよいってことでしょ。てことは、義理の夫婦の秘め事ってのも……」

バシッと額を叩かれて、文左は痛いと叫びながら立ち止まった。

「何を考えてるのだ、おまえは。そんなことより、商売のことを考えろ」

「いてて……本気で叩かなくてもよう……幾ら自分も取り損なったからってよ……あ、そういえば、鶴屋と亀屋……なんで、あんな所を、関所奉行は躍起《やっき》になって欲しがってたのかねえ。それが分かンねえ。ねえ、旦那」

泰平は関所での顚末《てんまつ》は話したが、財宝のことは黙っていた。聞いた途端、文左が俄に欲を出して、何をしでかすか分からないからだ。

だが、槍の河田の狙いは、相良でのことや此度の一件でハッキリとした。

——巡見使でありながら、徳川家の財宝を護っている。

ということだ。

「どうやら、熊木源斎の一味とは〝真逆〟のようだな」

「なんです、そのマギャクって」

「正反対ってことだ。さてと、また腹が減ってきたな。そろそろ、昼にするか」

「まったく、どこまで食い意地が張ってンだ。そういやこの先に、猪《いのしし》のうめえところが。なに、江戸から離れてるンだから、生類憐《しょうるいあわれ》みの令なんか気にすることはねえ。急ぎやしょう、急ぎやしょう」

足早になったのは文左の方で、ケタケタと笑いながら、泰平はのんびりついていく。その暢気そうな顔に陽光が降り注ぐが——。

そんなふたりを遠目に見送る熊木と竜蔵の姿があった。

「どうしやす、頭」

「分からぬな……あの天下泰平という男……まこと、〝お宝人〟なのかどうか……いずれにせよ、目を離すな」

熊木に命じられた竜蔵は、すぐさま脇道に入って姿を消した。そして、熊木の目には、得体の知れぬ不気味な光が燦《きら》めいた。

第三話　はぐれ神

一

風が一段と強くなり、黒潮の怒濤《どとう》が激しくなるや、俄《にわか》に黒い雲が広がって、横殴りの雨が降ってきた。

道とは言い難《がた》い崖《がけ》道を歩いてきた文左は、まだ日はあるとはいえ、薄暗くなった辺りの風景を不安そうに見廻した。遥《はる》か遠くの波間に、白い帆がちらちら見える。このような天候のときにも廻船は沖に出ているのかと、文左はぼんやり見ていた。

「それにしても……泰平の旦那《だんな》、さっさと自分だけ先に行きやがって……あ、もしかして、トンズラする気だな」

江戸の両替商『伊勢屋』から手に入れた、お宝の絵図面は、お藤が持ち逃げしたままである。今は、何処《どこ》の旅の空の下か分からない。その絵図面は元々、泰平が奪ったも同然に買い取ったのだが、その代金を払ったのは文左である。つまり、文左はまだ泰平に貸しがあるのである。

「旦那のやろう……ああ、腹が立ってきた。腹が立って、歩く気もなくなった……とはいえ、こんな所でぐずぐずしてたら、雨で体が冷えちまわあ」

遥か遠くに真っ白な砂浜が広がっていて、その海沿いに小さな集落がある。だが、歩いて行くと、まだまだ時がかかりそうだ。

とにかく、雨宿りをと、すぐ近くにあった御堂に駆け込んだ。

すっかりびしょ濡《ぬ》れで、三度笠や手甲脚絆《てっこうきゃはん》を取り払って、着物を脱ぎ捨てると、ぐっしょりになった髷《まげ》を直しながら、体中を手拭いで拭いた。拭いても拭いても、妙な汗と雨滴が体にまとわりついてくる。

「くそう、旦那のせいだぞッ。伊勢屋から貰ったから、一番のお宝はお伊勢様にあるに違いない、いや、お宝地図にも確かにそう記されていた。だから、伊良湖岬《いらごみさき》から近道をしようなんて言うから、こんな目に遭《あ》ったんだ、ちくしょう。端《はな》から、熱田《あつた》から桑名《くわな》に廻って、七里《しちり》の渡しで行けばよかったんだ。遠廻りでも、そっちが正しいンだ、お伊勢参りにはよ、まったく、クシュン！」

独り言をぶつぶつ言っていると、同じようにクシュンと御堂の奥で声がした。ぎょっと振り返った文左は、そこに十五、六の小娘がいるのに気づいた。小さな花簪《かんざし》をしただけのあどけない丸顔の女だ。

すっぽんぽんの文左は思わず内股《また》になって、

「あらら、先客がいたとは露《つゆ》知らず。こんな格好で無礼つかまつった」

妙な言葉遣いで挨拶《あいさつ》をすると、相手の娘は思わず両手で目を覆《おお》って、文左の裸を見ないようにした。着替えも濡れてるから、とりあえず褌《ふんどし》だけを巻いて、

「どうしたんだ、こんな所で。おまえも雨宿りか」

娘はこくりと頷《うなず》いたまま、びくびくと震《ふる》えていた。

「恐がることはねえぞ。俺は、あぶの文左というもので、こんな格好をしているものの、やくざ者じゃない。大坂天満の掛屋《かけや》『泉州屋《せんしゅう》』の跡取りだ。嘘《うそ》じゃない。掛屋、分かるな」

江戸で言えば、札差《ふださし》と両替商をあわせたようなものである。

「しかし、おまえはひとりなのか?」

娘はまた頷くだけだった。

「口が利《き》けないのか?」

今度は、首を振る。子猫のような娘に文左が近づくと、びくっと身を引いた。

「どうした。誰か悪い奴に、遊郭《ゆうかく》にでも連れてかれるのか? それとも、惚《ほ》れた男と駆け落ちか? よくあることだ。どっちにしろ、俺が助けてやるから、話してみな」

そう言われても、すっぽんぽん同然の男を相手に、素直に頷けるほど娘はスレてはいなかった。文左は少し離れたままで、

「そうか……だったら、話したくなったら話しな。俺も雨宿りで、立ち寄っただけだ。雨が上がれば、出て行くからよ」

「……………」

「連れのお侍がいたのだがな、先に行っちまって、この有様だ。でも、お陰で、こんな別嬪《べっぴん》に会えた。むはは……あ、いや、変なことはしないから、心配しなくていいぞ、うん。これでも、俺は品がいいのが売りでな」

改めて、御堂の中を見廻すと、恐い顔をした不動明王《ふどうみょうおう》の像があって、守り神のように双頭の龍が取り囲んでいた。暗くてよく見えなかったが、龍神なのであろうか。文左が不思議そうに眺めていると、

「海の神様……」

と娘が囁《ささや》くように言った。

「やっぱり、喋《しゃべ》れるんだな。可愛《かわい》い声をしてるじゃないか」

「……………」

「あ、からかったんじゃないぞ。これ、海の神様って、漁師を護《まも》るのかい?」

娘は小さく頷いて、父親も祖父も漁師で、自分が暮らす村も漁師ばかりだと言った。

「そうか。この不動尊と龍神様が見守って下さっているのだな。でも、なんだって、おまえさんは、こんな所で?」

「――古市《ふるいち》に連れていかれそうになったから、逃げてきたんです」

「古市?」

「お伊勢様の……」

伊勢神宮の外宮《げくう》から内宮《ないくう》の間にある遊里で、江戸の吉原《よしわら》や京の島原《しまばら》と並び称されるほど賑《にぎ》やかな所で、遊女の数もゆうに千人を超えると言われている。精進落《しようじん》としのためにあるのだが、むろん男たちの旅は、伊勢神宮から御利益《ごりやく》を得るよりも、こっちが本当の狙《ねら》いだった。

吉原や島原と違うのは、遊女のことを巫女《みこ》扱いしていることである。ありがたく情けを頂戴《ちようだい》するという感じであろうか。文左も若いから女遊びは嫌いではないが、あちこちの貧しい土地から、娘がさらわれるのには、どうにも我慢ができない。

「誰に狙われてるんだい?」

「古市を根城にしている、神楽《かぐら》の雁三郎《がんざぶろう》という人なんです。御師《おし》ということですが、本当は地廻りのやくざ者なんです」

御師とは、元々は祈禱《きとう》師だったが、伊勢や富士、出雲《いずも》などをはじめ色々な寺社に詣《もう》でる習慣が増えたために、その参拝や宿泊の世話をする者のことである。殊に伊勢の御師は有名で、伊勢暦《ごよみ》をもって、その信仰を広めるために、東海道まで出向いて、進んで伊勢参りの勧誘をしていた。

中には江戸まで赴《おもむ》いて、久能山《くのうざん》から秋葉山、さらに鳳来寺《ほうらいじ》、津島《つしま》神社などに、御利益を祈禱する旅を演出する者もいた。そして、伊勢に連れて来てからは、さらに豪華な料理や宴会などを提供して、美しい女をはべらせての精進落としとなるのである。

御師の宿坊とは本来ならば、修行者が立ち寄るところだが、今でいえば豪華な高級旅館というところであろうか。神楽の雁三郎という男も、庶民のお伊勢参りの旅に乗っかって、荒稼ぎをしているに違いない。ましてや、古市で女の世話をするくらいだから、もしかしたら、それにまつわる〝特権〟を持っているのかもしれぬ。

「その神楽の雁三郎ってやつが、わざわざ、この伊良湖くんだりまで、娘を買いにくるのかい？」

「手下は百人を超えるといいます。大和《やまと》や紀州《きしゆう》、尾張《おわり》にも出向いてるとか。それに、この辺りは船ですぐですから」

伊良湖岬は渥美《あつみ》半島の突端で、海峡を挟んで向かいは鳥羽《とば》である。

「お父っつぁんに借金でもあるのかい」

娘は分からないと首を振って、

「でも、お金に困っているのは確かです。近頃は不漁続きで、日々暮らすのがやっとのこと。こんなにお伊勢さんに近いのに、参ることすらできません」

「そうかい……とにかく、俺が護ってやるから、安心しな」

「でも……お父っつぁんが……」

「親なら誰だって、娘を女郎になんぞしたくないだろう。万一のときは、この俺が話をつけてやるよ。ドンと構えておきなさい。なんちゃってねえ、えへへ」

ひょっとこのようにふざけた顔をしたから、娘は笑った。

「ところで娘さん、名は何てんだい?」

「——鈴《すず》と申します」

「すず……お鈴ちゃんか。どうりで、声も可愛いはずだ」

その時、御堂の表で、複数の男の怒声《どせい》がした。何を言っているか分からないが、お鈴は引き攣《つ》った顔になって、奥に引っ込んだ。

文左は道中差を摑《つか》むと、褌一丁のまま表に飛び出した。

すると、文左と同じようにほとんど褌姿だけの数人の若い衆が、浜辺に向かって必死に駆けている。

「――なんだ……!?」

驚いて茫然《ぼうぜん》と見ている文左に、ひとりの男が声をかけた。

「おまえ、どこの村の者だッ。こんな所で何をしてやがる。急げ、バカやろう」

「え、ああ……」

戸惑《とまど》う文左のことなど相手にしている時間もないらしく、どしゃぶりの中を、一目散に急な杣道《そまみち》を駆け下りて行った。

こっそり御堂から覗《のぞ》いていたお鈴に、

「案ずることはねえ。奴らは、神楽の雁三郎とは関わりないようだ」

「大変だ……」

「え？」

「この大波だし……きっと、何処かの船が難破したんだ。大変だ……村中、大騒ぎになってるに違いない……行かなきゃ、私も行かなきゃ……！」

なりふり構わず、お鈴は御堂から飛び出してきた。

「ま、待て。どういうことだ」

「文左さんも急いで」

「ええ、俺も!?」

「いいから、早く、早く!」

訳が分からないまま、文左はさっき脱ぎ捨てたばかりの着物や合羽《かっぱ》を掻《か》き集めて、駆けていく娘を、急いで追いかけた。

二

白浜には船荷や破損した千石船《せんごくぶね》の破片や壊れた櫂《かい》や折れた帆柱などが、無惨《むざん》にも塵《ちり》芥《あくた》のように流れ着いていた。沖の大きな波の合間で藻掻《もが》いている水主《かこ》たちの姿も見え隠れしていた。

近くの断崖《だんがい》の下や岩礁《がんしょう》に、必死に張りついている者たちの姿も何人か見えて、藻《も》掻《が》き苦しんでいる。中には岩を摑みそこねて、また波に引き戻される人もいた。駆けつけてきた村の若い衆たちが、暴風の中、大声をかけあいながら、懸命に助けようとしている。

「エイッサー、ホイサー!」

まるで祭のときの掛け声だが、不思議と統制が取れている。波打ち際に打ち込んだ大きな杭に艫綱《ともづな》を巻きつけて、小舟で沖に漕《こ》ぎ出す若い衆たちがおり、一方で、既に岩礁に張り巡らされている鉤縄《かぎなわ》を体に縛りつけながら、救出に向かう若い衆もいる。

それらが、まるで当然のように、てきぱきと行われているのだ。

「岩場に人が倒れてるぞ！　こっちにも人手を寄越せえ！」

「助け船をもう一艘《そう》出せえ！」

「ぐずぐずするな！　急げ、急げえ！」

怒濤の音と風音、そして雨音を突き破って、褌姿の逞《たくま》しい男衆が自らの命を顧《かえり》みず、海に飛び込んでゆく姿も見える。

文左が、お鈴を追って駆けつけてみると、目の前に繰り広げられている〝地獄絵〟に、立ち尽くしてしまった。

「な、なんだ、これは……」

啞然《あぜん》と佇《たたず》んでいると、他の集落からも駆けつけてきたのであろう。同じような褌姿や簡単に半被《はっぴ》をかけただけの男たちが、怒声をあげながら、次々と小舟を担ぎ出して、沖へ漕ぎ出していった。むろん、漂流して、おぼれかかった者たちを助けるためである。

「こらア！　ぼさアっとするな。おまえも急げ！」

頭領格の男にバシッと背中を叩かれた文左は、腕を引かれたが、

「だめ、だめ、俺は金槌《かなづち》なんだ」

「何をびびってやがる！　てめえ、それでも漁師か！」

波打ち際まで引きずられて、そのまま突き倒れた。まったく泳げないことはないが、大の苦手である。波にさらわれそうになるのを、必死に砂浜に這《は》いずったとき、しょっぱい水をがぼっと飲んで、激しく噎《む》せた。

「大丈夫、文左さん……さあ、一緒に来て、村ではきっと大騒ぎだと思う。私も手伝わなきゃ。文左さんもそっちで力貸して」

童顔の娘っ子に諭《さと》される自分も情けないが、文左はここにいれば殺されると感じ、腰が抜けそうなのを我慢して立ち上がった。


伊良湖岬の突端にある村に着いたとき、すでに数人の水主が助け上げられ、村長《むらおさ》で網元でもある庄屋の屋敷に担ぎ込まれていた。気を失ったままの者、相当の水を飲んで苦悶《くもん》している者、憔悴《しょうすい》しきって倒れている者……その者たちを、村の女たちはそれこそ献身的に面倒を見たり、怪我《けが》の手当てをしたりしていた。

村に只《ただ》一人という医者の英按《えいあん》も、ずぶ濡れの姿で駆けつけてきた。痩《や》せた体が、風

に吹き飛ばされそうだった。

大きな焚《た》き火や松明《たいまつ》で暖を取りながら、体を乾かしている遭難者のひとりひとりの様子を丁寧に見ながら、英按は必要に応じて治療をした。その間、村の女たちは懸命に手伝いをし、まるで海難に遭った者たちを救うのが当然のように働いていた。

難を逃れた者を助けるだけではなく、波が穏やかになってからは、海上に散乱した船荷を集めたり、他の船に積み替えたり、場合によっては、喪失した荷物で損失した船主や雇い主、廻船問屋などのために、「講」で貯めていた金を利用させたりした。今で言えば保険であろうか。

文左はてきぱきと救難をした村人たちを、驚きと尊敬の念で眺めていた。

庄屋の義兵衛《ぎへえ》が様子を見ながら、

「あんたも、船に乗ってたのかね。大変でしたねえ」

「いや、そうじゃないのだが……」

手伝いをしていたお鈴が義兵衛に声をかけた。

「旅のお方です。たまたま私を助けてくれて、難破の手伝いも」

恐縮したように文左は違うと言ったが、義兵衛は頭を下げて、余所《よそ》の人に迷惑をかけて申し訳ないと言った。

「いや、そうじゃなくて……ま、いいか。それより、庄屋。俺ア、実にぶったまげた。だってよ、これだけの災難を、あっという間に片づけたンだから、大したもんだ。なかなかできることじゃない」

「いいえ。よくあることですからねえ」

「よくあること？」

淡々《たんたん》と言う義兵衛に、文左はまた驚いた。

「この沖は、大坂や紀州からの菱垣《ひがき》廻船や樽《たる》廻船が沢山通るし、伊勢湾には白子《しろこ》廻船や四日市《よっかいち》廻船をはじめとして、多くの船が行き交っているからね。少し荒れれば、この辺りに流れ着くことがあるのでな」

「そりゃ、大変なところにあるのだな、この村は……」

「漁師の村だから、海には慣れておる。龍神様にも護られておるから、この沖で船が災難に遭ったときには、何処の船であろうと、我らが龍神の使いとして助けに出向くことは、先祖代々、受け継がれているのです」

だから普段から、海難事故を救う鍛錬《たんれん》をしているし、岩場などにも、日頃から、鎖や綱を張り巡らせて、助けやすいようにしているのだ。もちろん、その後の〝救護体制〟も万全である。食糧や水、薬から着物、さらには、突然の事故が起こって、恐怖に陥《おちい》った人たちの心を癒《いや》す術もある。

「先祖代々……なるほど、だから、さっきのようにてきぱきと無駄なく、働くことができたんですねえ。いや、凄《すご》い。立派」

「他人《ひと》様に褒められるためにやっているわけじゃない。当たり前にやっているだけのことだ」

「それでも、命がけで、なかなかできないものや。本来なら、藩の郡奉行や船手奉行なんかがやらなきゃならんだろう」

「そんな術も性根も、藩にはない。それに、海は誰のものでもない。だから、漁労に関わる俺たちがやらなきゃなア」

毅然《きぜん》と言ってのける庄屋を、文左は少しばかり責めるように、

「そうやって、他人様を助けるのなら、村の娘も、きちんと守るべきじゃないかな」

「え？」

「あの娘っ子だって、そうだ」

一生懸命、水主たちの面倒を見ているお鈴を、文左は眺めながら、

「伊勢の遊郭に送られそうになった。俺も深いことは知らないが、なんでも神楽の雁三郎って奴に、人買い同然に連れてかれるとか。それを認めた親も親だがな。可哀想《かわいそう》

に、必死に逃げて、龍神様の御堂に隠れてた」

「そうですか……」

「酷《ひど》い話じゃないか。だろう、庄屋」

文左は当然、同意すると思ったが、庄屋は神楽の雁三郎の名を聞いて、少しばかり困ったように眉間《みけん》を寄せた。

「そんな輩《やから》を野放しにしてて、いいのかい。村で追っ払うのが無理なら、このあぶの文左がお手伝いしようじゃないの」

お鈴の手前、調子扱《こ》いて言ったが、庄屋はそれは無理だというふうに首を振った。

「どうしてだい。こんな凄い人助けができるのに。村の女たちだって、懸命に働いているじゃないか」

「それとこれとは、話が別ですな……この地はたしかに、田原《たはら》藩領ではありますがね、我が藩は収納米がわずか七千俵という情けないほど貧しい所で、年貢《ねんぐ》の未払いもあって、村人が人質に取られるところもあった始末で……」

「人質……」

「他の土地で、働かされるのです」

「そんな……」

「ですから、漁で暮らせるこの村は、まだマシな方でしてね……でも、人々は暮らしに困っているから、海を隔てたお伊勢様を頼りにしているのです……だから、力のある御師、神楽の雁三郎には逆らえないのです」

「伊勢といえば、山田《やまだ》奉行の支配だ。御公儀のお奉行じゃないか。訴え出ればいい」

たしかに、山田奉行は幕府の遠国《おんごく》奉行のひとつで、伊勢奉行とも呼ばれ、伊勢神宮の警備、社殿の造営や修理、門前町の支配をしているだけではなく、伊勢湾を含んだ近在の湊《みなと》や海上の安全や防衛なども担《にな》っている。

「そもそも、海の事故なんかでも、山田奉行が出張《でば》ってこなきゃならないんじゃや？だって、向こうには同心が七、八十人、船手の水主だって、四、五十人はいると聞いたことがある」

「ええ。もっと大きな災難のときには、出向いてくるでしょう」

「とにかく、どういう理由があるにしろ、神楽の雁三郎のような無法者をほったらかしているのは許せぬな」

御師は仮にも祈禱師だから、奉行職とはいえ、幕府の一役人が何かと文句を言うことはできないのであろう。そんなことは百も承知だが、黙認しているとは、武士として情けなさ過ぎるであろうと、文左は食いついた。だが、庄屋は困った顔をするだけだった。

そのとき、頰被《ほおかむ》りをして、ずぶ濡れの人を背負った侍が駆け込んできた。

「この人も頼む。足に大怪我している」

英按が見やると、岩場に激しくぶつかったのであろう、パックリと膝《ひざ》や足首が裂けて、真っ赤な血が流れている。手拭いできつく縛ってあるが、担がれていた男の意識は朦朧《もうろう》としている。ただ、

「大丈夫か……だ、大丈夫か……みんな……久米市《くめいち》、政八《まさはち》……」

人の名を呼んでいるようだ。

「さっきから、こんな様子でな。もしかしたら、こいつが船頭《ふなおさ》かもしれぬ」

浪人が男を板間に寝かせたとき、

「旦那ア！　泰平の旦那じゃないですか！」

と文左が声をかけた。振り返った泰平は頰被りを取って、

「おう、文左。おまえも流されてきたか」

「こんなときに、冗談を……えらいこってすよ、こりゃ。しかし、旦那も感心だ。こうして手伝うような人とは思わなかった。いつも高みの見物じゃないですか」

「人聞きの悪いことを言うな、ばかたれ。それより、庄屋……」

真顔になって振り返った泰平は、懐《ふところ》から一枚の書き付けを出して、

「この男が後生大事そうに握り締めてた」

「は……？」

「ひっくり返った船は、紀州の御用船かもしれぬな。朱印がある」

「紀州様の……」

御三家であろうとも、五百石を超える船を作ることは幕法で禁止されている。しかし、まだその決まりができて十年ほどしか経っていないため、新造船でなければ、御三家や大大名に限り許されていた。

「では……」

庄屋はごくりと生唾《なまつば》を呑み込んだ。

「ただの廻船とは違って、少々、面倒なことが起こるやもしれぬな。だが、これだけのことをしたのだ。感謝されこそすれ、へりくだることはない。俺も微力ながら、手助けをする」

「あ、ありがとうございます……」

という庄屋の声は、なぜか僅《わず》かだが上擦《うわず》っていた。

嵐の中を、さらに次々と、水主や船荷が引き上げられてくる光景を、泰平は険《けわ》しい

表情で見守っていた。

三

宵闇《よいやみ》が広がると同時に、暴風雨は収まり、波も少し穏やかになった。まだ、うねり音はするものの雲間が広がり、月光が海面を射している。

助け上げられた水主や人足たちは、六十五人。大怪我をした者は数人いるが、ひとりの犠牲者も出なかったのは奇跡的であった。庄屋や網元の屋敷に入りきらないので、寺の本堂や庫裏《くり》にも、それぞれ分かれて逗留《とうりゅう》し、養生《ようじょう》していた。

庄屋の義兵衛は水主たちを慰労するとともに、何故《なにゆえ》に事故が起こったのかを、郡奉行が来るまでに、調べなければならなかった。

傍《かたわ》らで見ていた泰平と文左も、その手際よさに改めて感心していたが、助けられた船頭の方がなぜか、しゃきっとしていなかった。命を助けてもらって感謝はしているようだが、どうにも歯切れが悪い。

「船荷を流してしまったのを残念がるのは分かるがな、もっときちんと礼を尽《つ》くすべきではないか、船頭」

見かねた泰平は思わず声をかけたが、義兵衛は逆に、相手に気を使った。

「船が転覆した衝撃で、まだ心が動揺しているのでしょう」

「しかしな……」

「いえ。板子一枚下は地獄……同じ海で働く者として、気持ちは痛いほど分かります。船頭は、辰蔵《たつぞう》さんとかいったかな……」

「ああ、そうだ」

泰平に助けられた船頭は足を痛めていて、しばらくは歩くこともできまい。

「落ち着いたら、どうして、このようになったか聞かせて欲しい」

「そんなことは、山田奉行の岡部勝重《おかべかつしげ》様が調べる。おまえたち村人の仕事ではあるまい。余計なことをするな」

義兵衛の言葉に辰蔵は急に気色《けしき》ばんだ。

「余計なことではありませんぞ。きちんと調べておかなければ、こちらが郡奉行から お叱りを受ける。それが、この村の掟《おきて》なのです」

「郡奉行では埒《らち》があかねえだろう。海の上のことは、この辺りじゃ山田奉行差配だ」

辰蔵の言うとおり、慶長八年に設けられた山田奉行所は、伊勢神宮の警護だけではなく、近海の異国船などの取り締まりも担っていた。そして、かつては伊勢神宮領地と紀州の領地の境で揉《も》めたときにも、幕府から委託された山田奉行はその権限によって、丸く収めている。それほどの実力者が、山田奉行に任命されるがため、小藩の郡奉行などとは格が違っていた。

「もしかして、辰蔵さんよ……」

と文左が声をかけた。

「あんた、調べられて、まずいことでもあるんじゃないのかい？」

「なんだと？」

辰蔵はこちらを威圧するほど鋭い目を向けた。とても、命を救われた人間がとる態度ではなかった。文左は首を竦《すく》めて、

「何様のつもりだい。あんたには感謝という言葉はないのかい。他の水主たちはほとんどが口々に礼を述べてるが、あんたはまるで、助けられたのが迷惑だったようだ」

「なんだと……」

「庄屋さんは何も言ってないが、あんたたちを助けるために、村人には水主以上に大怪我した者がいるし、ひとりは……死んだのや。そっちは、ひとりも死人を出さずにな」

「…………」

「俺も大坂ではちょっとした商いをやってるし、諸国の物産を探して旅してるから、廻船のことも少々は知ってる。いつ紀州を出たのか知らないが、嵐が来そうな気配は分かってたはずや。こうなる前に、近くの湊に逃げ込むことくらいできたはずやが」

文左が詰め寄ると、やはり義兵衛は押しとどめて、

「今は何も言わないでおきましょう。船頭が一番辛いはずですから、ねえ」

と同情の目になると、辰蔵はケッと吐き捨てるように背を向けた。

「お、おまえなあ！」

今にも摑みかからん勢いの文左の腕を、泰平は押さえ、よせと首を振った。

その翌未明——。

浜辺の近くに、ふたつの人影があった。ふとった方が久米市、痩せて小柄なのが政八である。ふたりとも救出された水主で、寺に預けられている者である。

難破した船から流れてきた船荷は、漁師小屋に置いてある。古来からのしきたりで、船荷は盗難に遭ったりするため、陸には揚《あ》げないことになっている。だが、船が沈んでしまったのだから、漂流《ひょうりゅう》してきたものは、引き上げておくしかない。

久米市と政八は、そっと漁師小屋に近づくや、かけられている錠前《じょうまえ》を壊して、中

に積まれている船荷の中から、幾《いく》つかのものを物色しはじめた。しばらく物色した後、波打ち際に停泊している小舟に移して、そのまま沖へ漕ぎ出した。

そして、白々となりはじめた海に向かって、小舟はどんどん小さくなった。

だが……。

穏やかに見えた海は少しずつ、うねりが大きくなり、漕げども漕げども、小舟は、伊良湖岬から三河湾の内海に押し戻されたのだ。

紀州船が伊良湖沖で難破し、水主たちが救出されたという話は、近在の漁村に伝わっていたから、

——すわ、船荷を盗んだか！

と察知され、あえなく、とっ捕まってしまった。だが、不思議なことに、漁師小屋から盗み出したはずの荷はすでに小舟の中にはなかった。

伊良湖から一里近く離れた渥美湾に面した小高い所に、田原藩郡奉行屋敷はあった。

郡奉行の飯尾玄蕃《いいおげんば》の前に連れて来られた久米市と政八は、

「盗みなんぞしておりません。本当です」

と言い張った。

いかにも能吏に見える飯尾は、相手の言い分を素直に聞くことはできなかった。

「では、何故、小舟で荒海に出てまで逃げようとしたのだ」

「逃げたのではありません」

久米市は懸命に言い張った。

「私たちはただただ、みんなが無事であることを親兄弟にまずは報せようと、紀州に帰ろうとしたまでです」

「嵐は去ったとはいえ、まだ海は荒れている。漁師たちとて、ためらっていたほどだ。あんな小舟で、内海ならともかく、外海に向かうとは、せっかく助けてもらった命を捨てるようなものではないか」

「みんなのためでございます」

「そうではあるまい……儂《わし》を田舎者と舐《な》めるのではないぞ」

飯尾は険しい顔になって、

「かような海難はよくあること。その都度、儂も話を聞いて、色々と調べておるのだ。おまえたちは、船荷を奪って、何処かで売りさばこうとした。違うか！」

「ま、まさか……そのようなこと、するはずがありません。小舟を見て貰えば分かります。どこに荷がありましょう」

「すでに売り払ったか……でなければ、事がバレると思って、海に投げ捨てた。そうであろう。違うかッ」

ドキリとなった政八は思わず目を伏せたが、飯尾には図星に映ったのであろう。政八の方だけを責めはじめた。だが、却《かえ》って、まったくものを言わなくなった。

半刻（一時間）ほど沈黙を通していると、役人からの伝達を受けて、庄屋の義兵衛が、ふたりの身元を引き受けるためにやってきた。

何かあってはならぬと泰平も同行していたが、その堂々とした体軀《たいく》に飯尾も気後れするほどだった。むろん、久米市と政八は庄屋と泰平の顔を知っているから、何となく気まずそうに目を伏せた。

「ご貴殿は……」

飯尾に問われて、泰平は名乗った後、ふたりをじっと見据えて、

「天網恢々疎《てんもうかいかいそ》にして洩《も》らさずといってな、おまえたちが漁師小屋から持ち出した荷が、再び、浜辺に打ち上げられた」

「！……」

久米市と政八はぎくりとなって、目を合わせたが、黙して語らずを通そうと思ったのか、唇を一文字に結んだ。

「船頭の辰蔵に命じられたのか？」

えっと表情が変わったのは、飯尾の方であった。

「どういうことですかな？　やはり、こやつらが、船荷をどこかで売りさばこうと？」

「いや。郡奉行のあなたに調べられる前に、捨ててしまいたいものがあった。そうであろう……他の水主らはともかく、おまえたちふたりだけは、知っていたのではないのか？」

ゆさぶりをかける泰平だが、久米市と政八は、あくまでも黙っていた。

「そうか……正直に言えば、おまえたちの処分は軽くなると思うのだがな」

「…………」

「言わぬということは、おまえたちも同じ穴のムジナというわけか？」

少しずつ肩が震えてくるふたりを、飯尾もじっと見つめていた。

四

その日のうちに、庄屋を伴って伊良湖に行った飯尾は、辰蔵に会うなり、険しい口調で責め立てた。

「船荷について、おまえが知っていることをすべて話すがよい」

唐突な言い草に、辰蔵は驚いたが、何か異変があったことは察したようだった。

「自ら話せば、おまえの罪もまた、軽くしてやってもよい」

「お……俺の罪も？」

「さよう。久米市と政八は、すっかり吐いたぞ」

「…………」

「詳しく話を聞くため、儂の屋敷に留めておるが、辰蔵……おまえが船頭として、きちんと話せば、すべてが露顕《ろけん》するのだがな」

辰蔵は相手の腹の中を読もうと、じっと睨《にら》み返していた。

その様子を、泰平と庄屋もじっと窺《うかが》っていた。

「どうだ。おまえとて、女房子供が国元におるのであろう。だから、喋れぬというのは分からぬでもない。だが、まだ、このことは公にするつもりはない。いや、できぬであろう。江戸表に諮《はか》ってみなければな」

穏やかな声だが、有無を言わさぬとばかりに飯尾が迫っても、辰蔵は黙ったままだ。

「言っている意味が分かるな？」

「それは……俺の口からは、とても……」

話すことができないと首を振った。秘密を認めたようなものだった。

「おまえたちは、抜け荷をしていた」

「………」

「さよう相違ないな?」

漂着した荷物を調べると、象牙や麝香《じやこう》、朝鮮人参《ちようせんにんじん》、べっ甲、珊瑚《さんご》、香料、更紗《さらさ》など幕府が長崎を通じてしか売買をすることができないものが入っていた。ということは、逆に、日本から中国に送る煎海鼠《いりこ》、干鮑《ほしあわび》、ふかひれなどの俵物も密《ひそ》かに扱っている節もある。

「おまえたちが紀州船を扱うのをよいことに、勝手にしていたのか。それとも、紀州徳川家も承知のことなのか。言ってみよ」

「それは……」

「水主たちが知っているとは思えぬ。おそらく、おまえと水主頭の久米市、政八、そのあたりだけが分かっているだけであろう。正直に申せ。どのみち、我が藩主を通じて、公儀にお伝えせねばならぬことだ」

飯尾に詰め寄られて、辰蔵は何か語ろうとしたが、そのとき、

「旦那ア！　泰平の旦那ア！」

と庄屋屋敷の表から、文左の叫び声が聞こえる。

「なんだ、こんなときに騒々《そうぞう》しい……どうせ、またぞろ小判でも拾ったか」

泰平が中庭に出て、生け垣越しに外を見やると、数人のならず者が、お鈴を連れて行こうとしている。文左はそれを止めようとしているのだが、すでに数発殴られたようで、顔面が腫《は》れ上がっていた。

「こいつら、村の娘を連れ去ろうとしてるンでさ、旦那ア！　助けてやってくれ！」

「まったく、自分が関わったンだから、自分で片づけろ。すぐに人を頼りやがって」

と言いながらも、むんずと腰に刀を差しながら門の外に出ると、

「その娘を置いていけ。でないと……」

斬《き》るとばかりに柄《つか》に手をかけたが、

「ケッ。刀が恐くて、天下の道を歩けるか」

と髭面《ひげづら》の兄貴分の弁三《べんぞう》が言った。手下の偉丈夫《いじようふ》、伊佐次《いさじ》はニタリと笑って長脇差《ながどす》を抜き払った。

泰平は怯《ひる》むどころか、余裕の笑みすら浮かべて、

「悪さをする奴に天下を語られたくないな。さあ、どうする。置いていくか、それと

も、ここで屍《しかばね》になるか」

「ほう……俺たちを斬れるものなら、斬ってみろ。お咎《とが》めを受けるのは、おまえの方だぜ、この痩せ浪人」

と護摩札《ごまふだ》のようなものを突き出した。そこには、『伊勢神宮御師』と書かれてある。

伊勢の祈禱師の証だが、そんなもので驚く泰平ではない。

所詮は、旅先案内人に過ぎないと承知しているからだ。だが、神官のような身分だとひけらかして、阿漕《あこぎ》なことを重ねているのである。阿漕といえば、その語原になった「阿漕が浦」は伊勢湾にある。

「なるほど……本家本元の阿漕な奴が、この辺りでのさばってたわけか」

「やろう。舐めてンのかッ。俺たちに逆らうってことは、神楽の雁三郎に楯突《たてつ》くこと、ひいては、伊勢大神宮に弓引くも同じだ」

「大層に出たな。知らんぞ、手足が一生使い物にならなくなっても」

「構わねえ！　たたんじまえ！」

ならず者たちは一斉に長脇差を抜いて、突きかかった。すいとかわすと、泰平はビシバシと小気味よく相手の長脇差を叩き落として、弁三と伊佐次の帯を斬り裂いた。

はらりと着物が崩《くず》れて、褌が露《あら》わになったとき、他の子分たちは無言のまま後ずさりした。

――到底、敵う相手ではない。

と、ようやく気づいたのであろう。生唾を呑んで逃げの態勢に入った。

そのとき、少し離れた木陰から見ていた編笠の侍が、

「待ちなさい」

と声をかけてきた。その背後には、ふたり手下を控えさせていた。身分のありそうな雰囲気を漂わせていた。紋付きの羽織袴《はおりはかま》を着ており、身分のありそうな雰囲気を漂わ

その身構えから、かなりの剣術使いであると泰平は見抜いた。

泰平が刀を納めるや、編笠を取った羽織袴の侍は凜然《りんぜん》とした態度で、

「たかが、ならず者を相手に、すぐに刀を振り廻すとは、あまり感心できませぬな」

「さよう。だが、懲《こ》らしめねば分からぬ輩が跋扈《ばっこ》しているのも事実。ましてや、御師を騙《かた》っての悪行は許し難い」

淡々と言い返す泰平を、羽織袴の侍は凝視したまま、

「拙者《せっしゃ》、山田奉行所支配組頭・北条源七郎《ほうじょうげんしちろう》という者でござる」

「これは、ご丁寧に……俺は天下泰平。見てのとおり、ただの素浪人だ」

「ただの素浪人には見えぬが……」

「ああ。よく言われる。公儀隠密ではないかとな。ふはは。だが、正真正銘の浪人だ。しかも、文無しときてるから、まったく情けない限りだ」

人を食ったような泰平の言い草に、北条は苦笑いをして、

「そこならず者たちは、こっちで預かる。案ずるな。さらっていこうとした娘も、連れていかせはせぬ」

と配下の者ふたりに、ならず者たちを連れて行けと命じた。その手際よさが、泰平には気になったが、「さすがは、山田奉行所の支配組頭」と文左は小躍《こおど》りして喜んだ。

お鈴も深々と頭を下げはしたが、

「山田奉行所のお役人様なら、ぜひ、お願いしたいことがございます」

「なんだ。申してみよ」

「村から、私のような娘が何人も連れ去られました。御師の神楽の雁三郎という人が、悪いと聞いております。どうか、お奉行様が退治をして下さいませ」

「分かった。国へ戻ってすぐにでも、取り調べた上、善処してやろう。安心するがよい。よくぞ、教えてくれた」

「ありがとうございます。本当にありがとうございますッ」

お鈴は何度も掌を合わせて、家路を急いだ。文左は追いかけながら、

「まだ悪い奴が潜んでるかもしれねえから、俺がちゃんと送ってやるよ、お鈴ちゃん」

調子よく跳ねるように去った。呆《あき》れて見送る泰平は、

「まったく、懲りない奴だな……どうせ、またふられて泣きながら帰って来るだろうが」

と笑みを洩らしたが、北条は真顔で見ていて、

「天下泰平殿と申したかな。それにしても、なかなかの腕前だった。浪々の身ならば、働きようによっては、奉行所で召し抱えてもよい」

「いや、俺は仕官には向かぬ性分だ。こうして、あてもなく、ぶらぶらと旅をするに限る。美味《うま》いものを食べることはできるし、たまには綺麗《きれい》で気立てのいい女に巡り会えることもある」

「さようか……それにしても、此度《こたび》の一件では、色々と手助けをしてくれたようだが」

「此度の一件？」

「紀州船が難破したことだ」

「ああ、それだよ、それ……あんた、どうして、こんなに早く伊勢から駆けつけるこ

とができたのだ？」

　泰平が素直に疑問を投げかけると、先ほどの騒ぎで表へ出て来ていた飯尾も同じことを訊きたかったと顔を向けた。

「我ら山田奉行所の支配組頭は、隣接する紀州や大和、尾張などに出向いて、御師の動きを調べておるのだ。たしかに近頃は、伊勢講などが盛んで、今の者たちのように、タチの悪いことをする輩もいる」

「だから見廻っていると？」

「さよう。その途中、たまさか紀州船が難破したと聞いて、ここまで急いで来たのだ。伊勢沖で起きる海の事件や事故を調べるのもまた、山田奉行の務めゆえな」

「なるほど」

「ゆえに、郡奉行の飯尾殿でしたかな……後は、こちらで調べるゆえ、田原藩は手を引いて貰っても構わぬ」

「そうは参りませぬ」

　飯尾は毅然と言い返した。

「伊良湖岬は我が藩の領内であり、いにしえより、嵐などのときの救民を任されております。むろん、ご公儀に届け出ねばなりませぬゆえ、当方で調べまする。しかも

「……」

「しかも？」

「紀州船によって抜け荷をされている疑いがありますれば、尚更《なおさら》のことです」

「抜け荷……これは、ますますもって、山田奉行の岡部勝重様でなければ、きちんと片づけられますまい」

北条は有無を言わせぬ目つきになって、

「ご存知のとおり、紀州と伊勢は昔より、少々、曰《いわ》くもありますのでな……任せていただきたい。飯尾殿が拒《こば》まれても、こちらは直ちに藩主にお目通りしてでも、筋を通しますが、そこまでやりますか？」

「それは……」

山田奉行といえば、遠国奉行として、長崎奉行や堺《さかい》奉行、日光《にっこう》奉行などと同じく、幕府の重職である。つまらぬことで面倒を起こしては、却って藩主に迷惑がかかる。

「されば、北条殿……私も成り行きを見届けるということで、よろしいか」

「結構、結構。では、早速、船頭らを問い質《ただ》すことにしますかな」

理解を示した北条だが、泰平には何とも言えぬ苦々しい笑みに見えた。だが、飯尾は言い分を聞き入れて貰って、満足そうに頷いていた。

五

村の男衆は難破騒ぎでかなり疲れているにも拘わらず、沖に漁に出ており、避難場所にしている寺では、残った女たちが水主たちの面倒を見ていた。元気を取り戻した者たちは、村人に混じって仲間たちの怪我や心の病を救おうと、懸命に働いていた。

その中に混じって、お鈴もできる限りのことはしたいと働いていた。他の若い娘たちも身を粉《こ》にして世話をしていると、

「こりゃいい。俺たちの肩や腰も揉みほぐして貰おうかな」

「いやいや、どうせなら、この辺りがいいなあ」

「むはは。若い女はたまらんのう」

などと下卑《げび》た声を発しながら、いきなり娘たちの胸や尻を触るならず者が現れた。

つい先刻、山田奉行所の役人が連れ去ったばかりの、あの男たちである。

炊《た》き出しを手伝っていた文左が、

——おや？

と見やると、弁三と伊佐次が不敵な笑みをたたえながら近づいてくるなり、

「俺たちゃ、恩は倍にして返すのが礼儀でな。ちょっくら顔を貸せ」

言うなり、いきなり文左の頬を殴りつけた。ガツンと鈍い音がして、吹っ飛んだ途端、他の者たちが羽交《はが》い締めにして、殴る蹴るを続けていると、お鈴が「やめて！」と叫んだ。構わず、お鈴をも叩こうとしたとき、若い水主のひとりが立ち上がった。

「よせ！　てめえたちか、村娘たちを伊勢の古市に連れて、荒稼ぎしようって輩は！」

途端、弁三の拳が若い水主に飛んできた。避けたつもりだが、股間《こかん》を蹴られて、その場にうずくまった。ギャハハと大笑いしながら、弁三がさらに殴りかかると、他の水主たちも傷めている体ながら、立ち上がった。

「やめんか！　おまえたちはどうせ、伊勢は古市、神楽の雁三郎の手下だろう」

「だったら？」

「俺たちの国、紀州にも来て、女をさらっているようだが、そんなことさせねえぞ。この村の人には、命を助けてくれた恩義がある。てめえらの好き勝手にさせるかッ」

水主のひとりがそう叫んだとき、他の者たちも怒声を上げて、弁三たちを取り囲んだ。だが、ならず者たちはまったく引き下がる様子はなく、泰平に弾き飛ばされたはずの長脇差をちらつかせて、

「折角《せっかく》、助かったその命、捨てたい奴はかかってきやがれ、このやろうッ」

と凄んだ。腕に覚えのある海の猛者《もさ》たちも、後ろに神楽の雁三郎が控えていると知っているだけに、すぐには飛びかかることができなかった。しかも、かなり疲弊《ひへい》している体だ。返り討ちに遭うのは目に見えていた。

「粋《いき》がるンじゃねえよ。てめえらだって、同じ穴のムジナじゃねえか」

「なんだと？」

「抜け荷をしてるくせに、よくいけしゃあしゃあと正義面しやがるぜ。臍《へそ》が茶を沸かさあ」

「……抜け荷？　何の話だ」

「ふん。漕ぐしか能がねえ奴らは知らなくても仕方がねえか。おまえたちは、抜け荷を江戸に運んでいたンだよ。今度だけじゃねえ。今まで何度もな」

「出鱈目《でたらめ》を言うな！」

「嘘だと思うなら、庄屋ン所へ行ってみるがいい。船頭の辰蔵はぜんぶ喋ってしまったし、水主頭の久米市や政八も認めた。今頃は、山田奉行所の支配組頭に、折檻《せっかん》をくらってるだろうぜ、ふひひ」

「まさか……」

信じられぬという表情で、水主たちは顔を見合わせた。とはいえ、引き下がるわけにはいかない。さっきの若いのが飛びかかろうとすると、文左がさっと引き止めた。

「おめえは、お鈴のことが好きなんだろう。ああ、分かるよ。だから助けようとした。惚れた女を女郎なんかにされてたまるか……なに、俺は諦める。大事にしてやんな」

文左は独り善《よ》がりなことを言ってから、すうっと道中差を抜き払った。

「なんだ。やろうってんのか、三下あ！」

ペッと唾を掌に吹っかけて、文左は威勢のいい声で斬りかかった。

「カアッとなったら、あぶのように刺し殺す、あぶの文左とは俺のこった。こうなったら、てめえら纏《まと》めて魚の餌《えさ》にしてやるから、覚悟してかかってきやがれ」

怒り心頭に発した文左はたとえ自分が咎人になったとしても、目の前のならず者を痛い目に遭わせなければ、気が済まなかった。さっきまで黙っておとなしく殴られていた文左とは違う。己《おのれ》を見失うほど腹が立てば、手がつけられないほど大暴れする文左である。弁三と伊佐次ほどの腕っ節をしても、敵いそうになかった。

文左がバッサリと弁三の腕を叩き斬って、手首から先を落とした。

「うぎゃあ！　ああッ！」

悲痛な叫び声をあげながら、のたうち廻る弁三の顔色がみるみるうちに、真っ青になった。文左が返す刀で伊佐次に斬りかかると、仰向けに倒れた。そのドテッ腹に道中差を叩き落として、ぐさりと腰骨を折った。流れ出る鮮血に、伊佐次は気を失ってしまった。

「てめえら……泰平の旦那が情けをかけて、せっかく褌丸出しで済ませてやったのによう……怒らせるから、こんな目に遭うんだ」

他のならず者たちは逃げようとしたが、さっと立ちはだかった文左は、

「兄貴分を打ち捨ててくってのか！　担いで帰るか。それとも、続きをやるか！」

と文左が凄んだとき、侍がふたり、険しく眉間に皺《しわ》を寄せて近づいてきながら、

「文左とやら。雁三郎の子分をこんな目に……面倒なことをやってくれたな」

北条の手下の者たちである。

「おまえさん方、さっきの山田奉行所の……ハハン。なるほどな……そういうことか」

文左は納得したように頷いて、

「お役人が始末したんではなくて、逃がしてたわけか。つまりは、神楽の雁三郎という奴とおまえたちは、つるんでるってことか」

「気づくのが遅いわ」

「お役人が〝人買い〟の手伝いをしているのだから、世の中はまっ暗だぜ」

「世間知らずだな、おまえは」

バレたことを悪びれるでもなくニタリと笑って、侍ふたりは文左を斬る覚悟のようだった。だが、文左の方も、神楽の雁三郎という御師の名を借りた極道者と繫《つな》がる役人ならば、

――ぶった斬れば、人助けだ。

という大義《たいぎ》ができた。遠慮なく斬ってやると身構えた。

「ちょこざいな。どうせ行くあてのない旅烏《たびがらす》だろう。ここを旅の終わりにしてやる」

ふたりは同時に斬りつけてきた。文左はひらりと跳んで、必死に避けたが、次々と打ち出してくる刀の勢いは衰えず、まるで切っ先が伸びてくるようだった。

「うわっ！　くらえ、このやろう！」

必死にくらいついて、叩き斬ろうとする文左の脇差を弾き飛ばしてからも、ふたりの侍は弄《もてあそ》んでいたが、

「お遊びはこれまでだッ」

と脳天から斬り落とそうとした。

そのとき――。

ブンと唸《うな》り音がして、小舟の櫂が飛んできた。すんでのところで、刀で叩き落とした侍は、ずらりと取り囲んでいる水主たちの姿に一瞬、たじろいだ。

さっきまでの弱々しい雰囲気ではない。まさに命を捨てる覚悟で、じりじりと間合いを詰めてくる。侍ふたりは、気合いを発して牽制《けんせい》したが無駄だった。水主たちは、どうでも叩き殺すという凄味をもって、それぞれが棒や竹、鉈《なた》などを手にしていた。

「ま、待て……」

腰が引けた侍ふたりから、それまでの気迫が失せた。

文左が侍のひとりに組みついた。途端、水主たちが一斉に躍りかかって、侍ふたりをボコボコに叩きつけ、地面に押し倒して気絶するまで踏みつけた。

「やめろ、やめろ……それ以上やると、本当に死んでしまうぞ」

水主の中の誰かが声をかけた。文左も昂《たかぶ》った心を静めてから、

「済まない、みんな。ありがとうな」

と頭を下げた。水主たちは思わず助けただけだと言ったが、自分たちの船で抜け荷が行われているとは知らなかった。

「なあ、文左さん。本当に、そんなことが行われてたんだろうか」

文左はどう答えてよいか迷ったが、庄屋や泰平が調べた限りでは事実である。ま

た、辰蔵たちが、そうと知りつつ運んでいたのも本当のことだ。

「……みんなは知らなかったことだ。だから、お咎めはないだろう」

慰《なぐさ》めるように言った文左に、水主のひとりが悔しそうに返した。

「そんなことは気にしちゃいねえ。ただ、俺たちは咎人のようなものじゃねえか……それを、命がけで助けてくれて……本当に申し訳ないと……」

「そんなことないよ」

と声をかけたのは、お鈴である。

「庄屋さんはいつも言ってる。海の上じゃ、同じ命。いいも悪いもない。流人《るにん》船が座礁《ざしょう》したときだって、村の男衆たちは助けに出てったこともあるんだよ」

その言葉に、水主たちは改めて、うれし涙を流すのであった。

六

すぐさま、庄屋の義兵衛の屋敷に駆け込んだ文左は、今し方、浜であった騒ぎを報せたが、一足違いで、北条は辰蔵を連れて、郡奉行の屋敷まで出向いたところだった。

泰平は気になることがあると、少し間を置いてから、後を追ったという。

「庄屋さん。じゃ、あの山田奉行所の支配組頭は……」

「ああ。もう出てったよ」

「こりゃ、まずい。あいつは、とんでもねえ奴なんですよ」

「ん？」

文左は事の次第を簡単に話してから、韋駄天《いだてん》で駆けだした。

どのくらい海沿いの道を走ったろうか、小さな岬の小径《こみち》の茶屋に、泰平の姿を見つけた文左は、「旦那ア！」と声をかけながら、突っ走って行った。

「おう。文左、今度は本当に何かあったようだな」

「あったどころじゃないですよ。とにかく、話は道々」

「ん？　何処へ行くつもりだ」

「何処って、郡奉行の屋敷でやしょ？　あの北条とかいう男。とんでもねえ悪党かもしれやせんぜ」

「その悪党がな、すぐそこに停めてあった舟の船頭に何やら文を預けたのでな、追いかけようと崖下まで行ったのだが、沖へ出てしまった」

「やはり、抜け荷のことで、何かあるんですよ」

「だから、早く！　旦那ア。追いかけてきても、これじゃ意味がないじゃないか！　まったく、泰平なのは旦那の頭ン中じゃありやせんかねえ！」

駆け出す文左の後を、泰平も追いかけた。

郡奉行の屋敷には、先に捕らえた久米市と政八がいて、辰蔵ともども抜け荷について、北条が問い質すことになっているはずだ。だが、なんとなく嫌な予感がした泰平は、飯尾ともども同行しようとしたが、北条に頑《かたく》なに拒否された。それゆえ、こっそり尾《つ》けていたのだが、文左から事情を聞いて、

――神楽の雁三郎と北条源七郎が繋がっているかもしれぬ。

という疑念が確かなものとなった。

「北条の手下の四人は、縛りつけて、水主たちが見張ってます。抜け荷のことも知っていたようだし、証人になるでしょうよ」

文左が言うと、泰平は半ば笑いながら、

「おまえがそこまで熱心になるとは、もしかして、何かお宝になるネタでも見つけたか。それとも、抜け荷を自分の手で売りさばこうなんて魂胆《こんたん》じゃないだろうな」

「旦那……人が真面目にしてるときに、怒りやすぜ。俺だってね、正義の欠片《かけら》ってても

んがあるんでさ。あんな可愛子ちゃんを酷い目に遭わせる輩が許せねえんだ」

「やっぱり、そこか」

「そんな、旦那。酷いじゃねえか」

「ふむ。俺はおまえと違って、人を何から何まで信じるほど、気立てはよくないのだ」

「そんなことはないでしょ。だって、旦那はいつも、弱きを助け強きをくじく」

「だが、助けた弱きとやらに酷い目に遭わされたことも何度もある」

「――何が言いたいんで？」

「水主たちの言葉をすべて鵜呑《うの》みにするのもどうかな」

「そんな……旦那、なんてことを……」

「何もかも知らなかったってことを信じろという方が無理だ。あんな嵐の中を強引に沖に漕ぎ出したということは、いつもより駄賃《だちん》が弾まれたはずだ」

「え……」

「抜け荷に留まらず、是《ぜ》が非《ひ》でも急ぐ何かがあった……かもしれぬということだ」

「何かって？」

「分かれば苦労はせぬ。だが、そこんところが、ずっと気になっていたんだよ。ま、この事はいずれ伊勢に渡り、山田奉行に会ってみなければ分からぬことだろうがな」

郡奉行屋敷に着いたときである。

いきなり門から飛び出してきた辰蔵が、泰平たちの姿を見つけて、悲痛な声で助けを求めてきた。途端、その背後に、槍《やり》が飛来して、グサリと突き立った。

「うぐッ――！」

目を見開いて、前のめりに倒れそうになり、たたらを踏んだが、そのまま灌木《かんぼく》に突っ込んだ。思わず駆け寄った文左は、

「おい。しっかりしろ！」

と声をかけたが、背中から突き抜けた槍の穂先は、見事に心臓を射ており、ほとんど即死だった。

「しまった……ぬかった……」

泰平は自分に向かって吐き捨てるように呟《つぶや》いた。

そのとき、屋敷から、のっそりと出てきたのは――。

なんと、河田正一郎だった。

「槍の……」

「おう。天下泰平か。またぞろ、妙な所で会ったな」

「ふざけるな！」

腹の底から声を張って、正一郎の前にぬっと立ちはだかると、

「何故《なぜ》、殺した」

怒りの目で問いかけたが、なぜか正一郎は淡々とした態度で、

「逃げたからだ……もっとも、仕留めるつもりはなかったのだがな」

と言いながら、無惨に倒れ伏している辰蔵の背中から、槍を抜き取った。

「おまえの腕で、狙いを外すことはあるまい。足でも肩でも当てられたはずだ。端から殺すつもりだったのであろう」

「買い被りだ」

「……逃げた、と言ったが？」

「さよう。この男は、抜け荷をやっていた一味でな。郡奉行を殺した上に、さらには仲間のふたりを口封じに殺して逃げようとした。それを止めようとしたまでだ」

ハッとなった泰平は門内に駆け込むと、屋敷の玄関の石段のところで、うつ伏せに倒れている久米市と政八の姿が目に映った。

その前には、北条が悠然《ゆうぜん》と立っていた。

「貴様……」

泰平が玄関まで駆け寄ると、中の土間では、飯尾までもが仰向けに倒れていた。

「おまえがやったのか、北条」

「どうやら、河田殿とは知り合いのようだが……河田殿が言ったとおりだ」

「嘘をつくなッ」

いきなり泰平は刀を抜き払って、北条に斬りかかった。思わず避けた北条は、すぐさま抜刀して構えた。その刀身を見るや、

「ほれ、見ろ。懐紙で拭ったところで、まだ血脂はついてるぞ」

「…………」

「皆殺しにしたのだな……なぜだ……なぜなんだ！」

北条は薄ら笑いを浮かべながら、

「素浪人に話すことはない」

と答えた。鬼のような形相で河田を振り返った泰平は、

「ならば、おぬしに訊く。どういう了見なのだ。これもまた、何かの探索のためか。おまえは……公儀のためなら、人の命など、どうでもよいというのか！」

と声を荒らげると、正一郎は素知らぬ顔で槍を小脇に抱えた。

「――公儀？」

北条がぎらりと目を向けると、正一郎は困ったように顔をそむけて、

「またぞろ、余計な邪魔が入った。まあ、そういうことだ」

「おぬし……浪人ではなかったのか。俺に仕官を頼むなどといって……」

「まあ、そう目くじらを立てるな。同じ幕府の役人ではないか。もっとも、こっちは若年寄支配の巡見使。そっちは遠国奉行に地元で雇われた者だろうが、抜け荷のことならば、俺も黙っておるわけにはいかぬ」

「じゅ、巡見使……!?　ならば、話が早うござる」

と北条は相手を格上と知って、平身低頭になった。主に外様大名の領内を視察して廻る役目とはいえ、公儀中枢《ちゅうすう》と深い繋がりのある役職である。遠国奉行の支配組頭とは比べものにならぬ身分だ。

「此度の一件は、山田奉行の岡部様のご命令にて、私が内偵《ないてい》していたところでございました。それが、まずいことに……」

「紀州船が抜け荷とはな。俺としても、目を瞑《つむ》るわけにはいかぬが、相手が相手だけに慎重に対処したい」

「さようでございます」

「ついては、北条殿。ぜひに伊勢まで案内《あない》して貰い、その上で、紀州藩の抜け荷につき、探索しとうござる」

正一郎に何か狙いがあるのかもしれぬが、今度ばかりは、泰平としては断じて見逃すわけにはいかなかった。

「もし、紀州が抜け荷に絡んでいたとするなら、船頭たちは証人になり得たはずだ。それを槍の一突きで殺すとは……貴様がそこまで人でなしとは思わなかったぞ」

「言うたであろう。辰蔵は郡奉行を手をかけ、仲間を殺して逃げようとした。やむを得ないことだったのだ」

「……何を言っても無駄なようだな」

泰平はゆっくりと青眼《せいがん》に構えて、正一郎と向き合った。

「どうしても、斬るというのか」

「納得できる言葉を言わぬのなら……」

ふたりが真剣なまなざしで対峙《たいじ》するのを、文左もじっと見守っていた。

北条も刀を握り締めたまま凝視している。

七

スッと突き出した槍の柄《え》を、泰平は叩き折った。いつもの河田の九尺の槍ではない。先祖伝来の名槍ならば、かように容易に折れる訳がない。郡奉行屋敷に置いてあったものである。

——もしや、辰蔵を射たのは、河田ではなくて、北条だったか？

と泰平の脳裏によぎったが、正一郎が立ち向かってくる以上、気を緩めるわけにはいかなかった。しかも、正一郎にもいつもとは違う、容赦《ようしゃ》のない気迫があった。抜刀して、下段の構えをした正一郎の目には徒《ただ》ならぬ鋭さが溢《あふ》れ出ていた。剣術ならば、泰平の方が一枚上だが、時に気合いが邪魔をすることもある。怒りという気合いが、太刀筋《たちすじ》を狂わせるのだ。

「許さぬぞッ、河田……貴様はもう少し、まっとうな奴だと思っていた」

「…………」

「しかし、所詮、おぬしも公儀の犬。任務のためなら、手段を選ばぬというやつか。人の命を命とも思わぬ者が、正義だの公儀だの語るな」

「俺は何も語っておらぬが？　ふん。俺はおまえたちのような暢気《のんき》な旅烏ではない」

「な、なんだと、このやろうめが！」

傍らから、文左が声をかけて道中差を抜き払った。

「おい。よくも暢気な旅烏と言いやがったな。こちとら、人助けに人助けを重ねてきたのや。伊良湖の漁師たちと一緒に、水主たちを助けたのだって、俺たちだぞッ」

「おまえは別に、大したことはしてないじゃねえか。危ないから、どいてろ」

邪魔をするなと泰平は文左を押しやって、青眼に構え直し、正一郎に向き直った。

お互い、じりじりと間合いを詰める。

「河田……よく聞け」

泰平は揺るぎなく切っ先を向けて、

「そこな北条源七郎は、伊勢は古市の神楽の雁三郎という輩と手を結んで、悪さをしている節がある」

「………」

「事実、村の娘がさらわれそうになった。旅から旅を続けていれば、そういうことばかりが続く。おまえとて、憐《あわ》れな娘を救うために槍を役立てたではないか。そんな輩を放っておいてよいのか」

「あれもまた公儀の務め。たまさか娘が助かっただけで、救うのが狙いではない」

「そうは言いつつ、いつも命がけではないか。俺はそんなおまえだから信頼しているのだ。これもまた……」

「小うるさい奴だな。俺は貴様のように、風来坊《ふうらいぼう》でありながら、正義をふりかざすやつが一番、嫌いなのだ」

「――本気で言っているのか」

「ああ。虫酸《むしず》が走る」

下段から上段に上げるや、正一郎は斬り込んできた。しかも、まるで木刀を扱うように激しく打ち下ろしてくる。これほどの強い剣捌《さば》きをするとは、泰平は思ってもみなかった。

ガキッ、ガキッと鋭く弾く音がする。正一郎も真剣だが、泰平も真剣だった。激しい鍔《つば》迫り合いで、喉が渇いたのか、ふたりとも俄に息が上がった。

先に正一郎の方が逃げるように海辺の方へ走っていった。

泰平もすぐに追いかける。

屋敷の横手から、断崖が迫る杣道に抜けると、その先は渥美湾に面している。折りしも西日がきつく、陽を背中にした方が有利であった。正一郎はそれを計算していたに違いない。

「キエーイ！」

裂帛《れっぱく》の気合いとともに斬り込んできた正一郎の姿が、ほんの一瞬、陽光の中に消えた。しかも、光に眩惑《げんわく》した。泰平は勘を信じて横手によけながら、横払いした。

だが、空を切り、代わりに自分の左腕の肘《ひじ》に重い当たりがあった。幸い筋は切れていないが、骨が砕けたような音がした。気が昂っているせいか、痛みはない。

すぐさま振り返ると、正一郎が袈裟懸《けさが》けに斬り込んできていた。

「!?――」

だが、今度は、泰平の方が西日を背にしている。相手の動きは手に取るように分かった。しかも、光を浴びて、ゆっくりに感じた。

太刀筋までもが、残像のように見えた。

泰平はほんの一尺ほど右に体勢をずらすと、逆袈裟懸けに斬り上げた。

ズサッ――と手応えがあって、同時、横っ腹から血が噴き出した。

「うぎゃッ！」

潰れたような声がして、正一郎はほんの一瞬だけ振り返ったが、その勢いのまま仰《の》け反って断崖の下に落下した。すぐさま崖っぷちに歩み寄った泰平の目には、波打ち際にぷかぷかと浮かんでいる正一郎の姿があり、周辺には血が流れていた。

駆け寄ってきた北条も一瞬、それを見やったが、

「ま、待て……！」

と恐れをなしたように後ずさりをして、崖っぷちから離れた。落とされるとでも思ったのであろう、門前の方に戻りながら、

「只で済むと思うなよ、天下泰平とやら。後で、どうなっても知らぬぞ！」

まるで犬の遠吠えである。だが、武士の誇りなど欠片もなく、這々《ほうほう》の体《てい》で逃げ出す北条の姿を見て、文左は思わず追いかけようとしたが、

「やめとけ。やつは生き証人だ。どうせ、伊勢に帰るのであろう」

「じゃ、旦那……」

「うむ。この抜け荷騒動の裏には、まだ何かありそうだ」

険しい目になる泰平に、文左は何故か嬉しそうな顔になって、

「そうこなきゃ。伊勢の悪党を洗いざらい暴いて、お宝もごっそり……って寸法だな」

「すぐに算盤《そろばん》を弾きやがる」

「だって、お藤が持っていったままのお宝絵図には、伊勢神宮こそが日の本一の財宝

が隠されている所だと記してあったんでやしょ」

「ふん。勝手にしろ。その前に、やらなきゃならんことがある。田原藩にも、きちんとこの一件、郡奉行の代わりに届けねばな」

郡奉行の屋敷に入って、飯尾の亡骸《なきがら》をきちんと寝かせて合掌したとき、部屋の片隅に斜めに立てかけられたままの九尺の槍に目が留まった。正一郎のものだ。

「旦那……槍の河田。槍を残して無念だろうに……何も斬ることはなかったのに」

「斬らねば、こっちが殺されていた」

「どうしやす、この槍」

「おまえが貰って、供養《くよう》でもしてやれ。ついでに、あいつらの亡骸もな。悪党であっても、死ねばみな仏だ」

屋敷を出て歩き出す泰平に、文左はぶんむくれて、

「なんだって、そう俺に押しつけるンだよ。子分じゃないんやで、もう！　しかも、村にも沢山、怪我人がいる。金がかかるンだから、大変なんや。分かってまっか」

と言った目が、泰平の左肘に吸い込まれた。だらだらと血が出ている。めくれ上がった袖《そで》から、パックリと傷口が裂けて、白い骨が見える。

「うわあッ、旦那。それ、早く縫《ぬ》わないと、えらい目に遭いますぜ。そうだ。一旦、

村に戻ろう。英按先生に治して貰おう。ああ、あの先生、蘭方《らんぽう》もやってたとかで、怪我人の傷を次々と縫ってた。早く早く」


急に、まるで恋女房のように心配する文左に手を引かれ、泰平は道を戻った。

「まったくよう……大袈裟なんだ、おまえは。なんだ、これくらいの傷……」

「じゃ、自分で見てご覧なさいよ」

「おっ……！」

たしかに一瞬、驚いたが、斬り殺されることに比べればマシだと改めて思った。

「しかし、この槍と戦ったら、あるいは負けていたかもしれぬな」

文左は九尺の槍を、まるで戦利品のように肩に担いで、

「しっかし、結構、重いな、こりゃ……」

と駆けだして、あっと立ち止まった。

「これでも、売れば、旦那の治療代くらいにはなりやすかね」

「そんな安物じゃない。結構なお宝だと思うがな」

「さいで……」

「それにしても、金、金ばかり言ってると、そのうち金に埋もれて死んでしまうぞ」

「それなら本望や。でも、旦那。やっぱり、世の中は金でっせ。金がないと治る怪我

も治らない。だから……」

と言いかけて、ハタと立ち止まった。あやうく、槍にぶつかりそうになって、泰平はなんだと声をかけた。

しばらく佇《たたず》んでいた文左は、何がおかしいのか、あははと笑いはじめた。

「なんだ、気色悪いな」

「いいことを思いつきやしたよ、旦那」

「ん？」

「村の人たちは、人助けをした上に、村の金で面倒を見なきゃならない。これじゃ、たまったもんやない」

「うむ。だから？」

「荷船にはですね、旦那、おおむね荷物を運ぶためだけのものと、予《あらかじ》め荷を買い取ってから運び、それを江戸などで売った利益で稼ぐのと二通りがあるんですよ」

「だから、なんだ」

「いずれにせよ、此度のように荷を海に流してしまったりしたら、大損をこきまさあねえ。負担は〝荷主〟か〝船主〟かって難題が起こって揉めることがよくある。でもよ、もし、どう転んでも、他の誰かが面倒見る仕組みを作ってたらどうだい？」

「俺は傷が痛むンだ。何が言いたい」

「あれ、大した怪我じゃないと言ってたじゃありやせんか」

文左はその傷を軽く突っついて、

「これだって、只で治せる。海難で助けられた人々の怪我も只で治せる。荷物も予め届け出ておけば、万が一、海に流されても同じものをまかなえる」

と実に嬉しそうに語った。今で言えば、損害保険であろう。

「わはは。こりゃいいぞ。万が一に備えて、金を出しあう。そうすりゃ、荷を運ぶ方も安心だし、胴元《どうもと》はウハウハだ……旦那。こりゃいい。俺は早速、大坂に帰って、親父に話すわ。じゃあな！」

槍を抱えたまま飛び跳ねるように、文左は踵《きびす》を返して走り出した。

「――おいおい……俺の怪我はどうなるのだ……」

泰平の言葉など、もう耳に入っていない。スタコラサッサと駆けていく文左の後ろ姿を、泰平は呆れ顔で見送っていた。

「まったく、ばかたれが……伊勢に行くんじゃなかったのか、伊勢に……」

俄に傷の痛みが激しくなってきた。

何かが起こりそうな雲行きと、怒濤の音が泰平を包み込んでいた。

第四話　おかげ参り

一

お伊勢参りは、善光寺参りと並んで江戸の人々にとって、一生に一度の念願であった。元禄の頃になると、年間に四十万人ほどの参拝者がいたという。

——わしが国さはお伊勢が遠い。お伊勢恋しや参りたや。

と諸国からも、善男善女が数十日かけて参りに来るほどの賑わいだった。もっとも、今の時期は、農閑期ではないから、百姓たちの姿は少なかった。

伊勢神宮は元々、南伊勢の度会《わたらい》という豪族の守護神に過ぎなかった。後に、王族の守護神となり、さらに民間信仰となって世に広まった。

後世になって、戦国大名などに酷《ひど》い目にあわされた時期もあるが、宇治《うじ》の慶光院清順《けいこういんせいじゅん》という勧進聖《かんじんひじり》たちによって、庶民の中にも深く信仰が進み、江戸時代にあっては、参拝者に祈禱をする御師《おし》の働きによって、ますます盛んになった。

御師は、内宮《ないくう》と外宮《げくう》に旅籠《はたご》を備えおいて、数人の組となって、諸国の村々を歩き、伊勢暦などを配って、お伊勢参りを勧める。もちろん、五穀豊穣《ごこくほうじょう》や村中安全を祈願してのことである。そのための〝伊勢講〟を支援したり、参拝の作法を教えたり、土産《みやげ》の手配など、旅の案内をきめ細やかにした。その報酬は、初穂料《はつほ》という形で貰っていた。

いわゆる、おかげ参りは、〝お札降り〟という神宮のお札が天から舞い落ちてきたのが、きっかけになった。

だが、これも御師が自ら、ばらまいたものだという。時代によっては、まるで百姓一揆のような勢いがあったが、概《おおむ》ね、今で言えば〝観光旅行〟である。

——伊勢参り、大神宮へも、ちょっと寄り。

と言われるほど、ほとんどの庶民にとっては、遊びが中心の旅だった。

伊勢外宮のある場所は、元は山田の里と呼ばれた。ゆえに、山田奉行という役職があって、伊勢を中心とした地域を差配しているのである。

火除橋《ひよけ》を渡って、一の鳥居を抜け、二の鳥居を潜ると、いい加減な心構えの天下泰平といえども、気持ちが引き締まってきた。さらに奥に行くと、鬱蒼《うっそう》とした木立が深まり、それらに包まれるように神楽殿《かぐら》がある。

玉砂利を踏みしめながら、さらに進むと、荘厳《そうごん》な中にも、意外と簡素な雰囲気の外宮が現れた。素朴ではあるが、古《いにしえ》より伝わる霊気が漂っている感じがする。

外宮、内宮という本宮のほかに、別宮《べつぐう》、摂社《せっしゃ》、末社《まっしゃ》など百二十五の社宮、すべての総称が「伊勢神宮」であるが、この外宮には、食の守り神である豊受大御神《とようけのおおみかみ》が鎮座している。

豊受は、穀物の育成を司る和久産巣日神《わくむすび》の娘だという。この豊受が、天照《あまてらす》大神の「大御饌都神《おおみけつかみ》」として仕えた。つまり、食事の世話係である。

その豊受のもとで、神官たちは千二百年もの間、毎朝、毎夕、忌火屋殿《いみびやでん》という所で、天照大神の食事を作り続けてきた。すべて、自領で得られる米や野菜、魚介類や塩、酒などを供えるという。

「ふむ……神々も腹が減っては、人の世を営むことができぬか」

ぐうっと腹の虫が鳴った泰平は、不謹慎極まりないと思うこともなく、柏手《かしわで》を打って礼拝した。他の参宮者たちと混じって、この先にある古市に向かおうとすると、

「どうか、どうか！　お聞き届け下さいませ！　でないと私は、私たち一家は、首をくくらねばなりません。どうか、どうか！」

社殿から出てきた白装束の神官に、切実に訴えているのは、四十絡みの中年男だった。なりは手甲脚絆《てっこうきゃはん》に振り分け荷物を持った旅姿であるが、江戸から来た商家の者と思われた。

「お願いでございます。はるばる東海道を上ってきたのです。なのに、このような仕

打ちがあってよいのでしょうか。あなた方は神様に仕える身ではありませんか。あまりにも酷いじゃありませんか」

だが、神官たちは中年男の声を聞くどころか、困惑したような顔をして振り払うような態度で、奥の殿に戻るのであった。

「どうか、どうか……」

と言いかけた中年男は涙声になって、その場に崩れた。通り過ぎる旅の者たちが、何事かと声をかけたが、ただただ情けない声で泣き崩れるだけであった。

「一体、何があったのだ?」

泰平がそっと近づいて事情を訊くと、中年男はやつれた顔を上げて、

「あ、これはお武家様……みっともないところを、お見せしてしまいました」

公儀か藩の御用達商いでもしていたのだろうか、丁寧な武家あしらいを心得ているようだった。かといって卑屈《ひくつ》ではなく、どこか凛《りん》とした身構えがあった。今し方、神官に見せた周りを気にしない必死さが、そぐわないほどだった。

「訳があるなら、話してみぬか。なに、あてない旅の素浪人だが、何か手助けくらいできるやもしれぬ」

「ありがとうございます」

腰を屈《かが》めて礼を言った中年男は、泰平のいかにも威風堂々とした潔い偉丈夫ぶりに、信頼感を抱いたのだろうか、素直に従って、近くの外宮から離れて、内宮に向かった。

外宮と内宮は一里（約三・九キロ）以上も離れているのだが、その間にあるのが「古市」という精進落としの場所である。

そこは、江戸吉原、京島原に加えて、大坂新町《しんまち》、長崎丸山《まるやま》と並んで、五大遊郭と言われている。その昔は、長嶺《ながみね》と呼ばれた峻険な山道だったが、今はその面影はなく、遊郭や旅籠、芝居小屋などで賑わっている。

その古市に、中年男も用があるというのだ。江戸で油問屋『上州屋《じょうしゅう》』の主人をしていたという。名は久右衛門《きゅうえもん》というが、半年ほど前、店は潰《つぶ》れてしまったらしい。

「そのことについて……神官が誰も相手にしてくれないから、今日こそ、神楽の雁三郎という御師に、直談判に行きたいのです」

「神楽の雁三郎……!?」

「ご存知ありませんか。御師の総元締でありながら、古市の遊郭などを取り仕切っている人物です」

「実は、俺もその雁三郎とやらに会うために、伊勢まで足を運んできたのだ。相当、阿漕《あこぎ》なことをやっているとの噂だが」

「阿漕どころではありません。まぁ……地廻りを使って、〝所場代〟を掠《かす》め取っているだけなら、別に私は何とも思いません。神楽の雁三郎という奴は、御師にはあるまじき行いをしているのです。嘘八百を並べ立て、大勢の人から、金を巻き上げているのです」

「嘘八百……」

「はい。金儲けのためなら、何でもする輩《やから》です。私のように、身代を丸々、奪い取られた者が何人もいるのです」

「――どういうことだ」

「話せば長くなりますが、御師は江戸にも出向いてきており、商売が傾いている店や病に臥《ふ》せっている人がいる家を訪ねては、『不幸が続くのは、信心が足らないからだ。お伊勢に参り、財物はすべて喜捨《きしゃ》せよ』と言われ、それを実践したのですが、ただただ……」

「身代を奪われた、というだけか」

「それだけではありません。うちは油問屋でしたが、粗悪な物を売ったと、吹聴されて店は闕所《けっしょ》。娘は身売り、老いた母親は病で亡くなり……もう、めちゃくちゃでございます」

「可哀想にな……そんなことが……」

同情の目で見る泰平だが、久右衛門は逆に、しだいに怒りの顔に変わってきた。よほど辛いことが重なったのであろう。悲しみと怒りはときに同じ表情になる。

「山田奉行所にも届け出ました。でも、御師がしたことを咎《とが》めるのは、奉行所の役目ではない。そもそも神楽の雁三郎が、そのような悪事をしているとは思えない。万が一、不埒《ふらち》なことをしているのならば、証拠をもって寺社奉行に届け出るべし。そう突っ返されただけなのです」

「ほう……だから、自ら神楽の雁三郎に？」

「そうです。これは私ひとりのためではありません。犠牲になった大勢の人のため、いまだに騙《だま》されたまま、金を貢《みつ》いでいる人たちのために、やらねばならないのです」

「なるほどな。そういうことなら、ますますもって手助けをせねばなるまいな」

泰平が意思を固めたとき、樹齢数百年の杉木立の中から、ひょいと華やかな花柄の小袖姿の女が、

「泰平の旦那ア」

と飛び出してきた。杖に笠も持っている旅姿だが一目で、

——お藤。

だと分かった。相変わらず艶っぽいが、どこか気もそぞろな様子である。

「なんだ。お藤か」

「あら、なんだとは、随分なご挨拶ですねえ」

「お宝を求めて伊勢に現れると文左が言ってたが、大当たりだ。しかし、おまえに信心があるとは思えぬがな」

「文左さんは一緒じゃないので？」

「あいつも分からぬ奴でな。急に大坂に帰ると走ってった」

「早速だけど、旦那。ここで会ったのは、やはり旦那と私の縁があるってこと。いいこと教えてあげましょうか」

「またぞろ、お宝の眠る所か」

「それもあるけれど、道中、耳にしたんですけれどね、旦那、またお上に追われてますよ。人相書まで張られてて、その首には賞金までかかってる」

聞いて驚いたのは、そばにいた久右衛門の方だった。だが、泰平はまったく平然としたまま、

「どうせ、山田奉行所から出てるのであろう？」

「よくご存知で」

「俺を、田原藩の郡奉行や紀州船の船頭殺しの下手人に仕立ておったな。悪い奴が考えそうなことは、おおよそ分かる」

「そのお膝元に堂々と来るのだから、旦那はやっぱり只者じゃないわ。惚れ直しちゃった……てか、必ず来ると思ってた。第一、旦那はそんなことする人じゃないもの」

「うむ。後で話してやるが、厄介《やっかい》な奴をぶちのめしたい気持ちが、沸々《ふつふつ》と湧き上がってきてな。もっとも、お伊勢様のような神聖な所で、血腥《ちなまぐさ》いことはしたくない。おまえも手を貸せ、お藤」

泰平が何を目論《もくろ》んでいるのか分からないが、久右衛門の話も少しばかり聞こえていたのか、神楽の雁三郎という者を退治するなら、搦手《からめて》からいかないと、やっつけられないとお藤は言う。

「どうして、そこまで言えるのだ?」

不思議そうな顔になる泰平に、お藤はポンと胸を叩いて、

「まあ。ここんところは私に任せて、旦那はゆっくり湯にでもつかって、旅の汗を流して下さいな」

と何だか嬉しそうに微笑《ほほえ》んだ。

二

その頃、文左は――伊勢のある深い山中を、こけつまろびつしながら走っていた。棘《とげ》のある灌木《かんぼく》の葉や熊笹《くまざさ》が絡まって、ちくちくと膝の下を切り刻む。

「くそうッ。なんだって、俺が追われなきゃならないんだよ、もう！」

ぶつぶつ言っている口に、ブンと羽虫が飛び込んできた。

「グバッ……ペッ、ペッ！　なんや、虫までが俺をからかうのか、このやろうめが！　オエッ……」

手で払うと木の枝が笞《むち》のようにしなって、バシッと文左の顔を直撃した。目の上に当たって、猛烈な痛みが走る。

「うっ……！」

声も出せずにしゃがみ込むと、小さな蛇やら百足《むかで》やらが、草鞋《わらじ》に絡まってくる。手にしていた棒で払いながら、闇雲《やみくも》に前へ前へと進むしかなかった。

すると――。

木立の隙間から、白煙が昇るのが見えた。

「人里があるようだな……はあ、よかった。とにかく、水と何か食うものが欲しい」

死力を尽くして、ほとんど人跡のない道を掻《か》き分けて行くと、目の前が急に開けた。

そこには、周囲を山に囲まれた盆地のような崖《がけ》の下に、鉱山の坑道口がぽっかりと開いていて、その傍《かたわ》らには粗末な見張小屋があり、数人の襷《たすき》がけの侍や六尺棒を持った番人たちがうろうろしていた。

坑道から、もっこを背負った者が出て来ては、その一角にある台車に載せると、滑車になっていて少し小高い所に運ばれてゆく。

「あそこが、銀山なのですね」

という女の声にギョッと振り返った文左は凍りついた。

目の前には、なかなか美形の武家娘が立っている。まだ若い供侍《ともざむらい》がふたり、仁王のように付き添っているが、文左は娘の方にばかり目がいって、

「綺麗なねえちゃん……」

と思わず零《こぼ》れた涎《よだれ》を袖で拭った。供侍が訝《いぶか》しげにズイと前に出て、

「何をしておる」

「あ、いえ……俺は……」

文左がもじもじしていると、武家娘が声をかけた。

「もしや。あなたも、この隠し銀山に連れて来られたのですか?」

「ええと、俺は……」

一瞬にして、文左の頭の中には色々なものが巡った。

目の前の坑道は、どこかの藩の隠し銀山だから、村人を密《ひそ》かに連れて来て掘らせているのかもしれない。

こういう風景は諸国の旅をしていて、一度ならず見たことがある。この武家娘と供侍は、その視察に来たか、あるいは、暴きにきたのか。いずれによせ、どうせ怪しまれるのなら、〝追われる身〟と勘づかれない方がいいと思った。

実は——。

文左は河田の槍を担いで、名古屋城下に辿り着いたとき、路銀に困って槍を売ろうとした。すると、その槍は、「蜻蛉切《とんぼきり》」というあの本多忠勝《ほんだただかつ》が持っていたという名槍で、文左ごときが売りに来るのはおかしいと、刀剣商は勘づいた。

そのとき、たまさか、郡奉行や船頭を殺した天下泰平が、槍の河田をも殺して槍を盗んだと耳にしていた刀剣商は、鑑定をすると偽って役人に報せた。北条が山田奉行〝通達〟として近隣の藩に報せていたのであろう。まさか、泰平が殺しの下手人で追われているとも知らず、のほほんとしていた文左だが、その槍がもとで、自分も仲間だと疑われ、捕らえられそうになったので、とにもかくにも逃げたのである。

七里の渡しから桑名に行き、そこから、とにかく伊勢を目指した。泰平が向かったことは承知していたからである。このまま大坂に帰っても咎人のままだ。己が無実を泰平に晴らして貰わねばならない。

だが、はたして、そううまく泰平と会えるのか。泰平自身も、役人殺しとして追われているのだから、捕まれば大変なことになるかもしれない。しかし、文左としては、とにかく泰平に会うしかなかったのである。こんな所で、〝油を売って〟いる場合ではないが、思わず、

「そ、そうです。鉱山で働けと囚《とら》われたのですが、目を盗んで逃げたのです」

と口からでまかせに言った。

すると、武家娘は情け深い目になって、

「ほらごらん、十兵衛《じゅうべえ》に和馬《かずま》……私の睨《にら》んだとおり、この銀山には村人たちが囚われて、不正に働かされているのです」

「そのようですな、姫。一刻も早く助け出さねばなりますまい。しかし、殿がこの不正を承知でなさっているとすれば、少々、難儀でございますな」

十兵衛と和馬と呼ばれた若い供侍たちは、決意を固めたように目が鋭くなった。そして、文左に坑道の中の様子を訊いたが、

「あ、いや、俺は働かされる前に逃げ出したから……でも、銀山とはねえ……いや、ほんと。まさか、こんな所にねえ」

と適当にはぐらかして、

「今、姫って聞こえたけれど、おねえちゃんは、どこぞの姫ですか？」

「無礼者！　久居《ひさい》藩《はん》五万三千石の綾《あや》姫なるぞ！」

久居藩は、津《つ》藩藩主・藤堂高次《とうどうたかつぐ》の次男の高通《たかみち》、かの城造りの名手と言われた藤堂高虎《たかとら》の孫が領主である。綾姫はその娘で、幼少の頃より聡明で武芸にも通じ、政事《まつりごと》に対しても色々な意見を言っていた。男ならば有能な藩主になれるかもしれなかった。

「姫君……御自ら、隠し銀山を見に来はるのですか？」

文左の疑問に、十兵衛が答えた。

「この辺りはその昔、紀州との境で揉めていた所でもある。つまりは、銀の取り合いだな。この銀山は元々、ご公儀公認のものだったが、採れる量が減ったので、もう十年近く前に閉山になったのだ」

「閉山……でも、やってるよなあ」

「採掘をやめたことにして、藩では密《ひそ》かに財政を賄《まかな》っているのだ。もっとも、それとて、殿が勝手に懐《ふところ》にしている」

「藩主が私腹を肥やしてるやと？」

とんでもない殿様がいたものだと驚いた文左だが、

「待てよ……てことは、銀の儲けを独り占めしてるのは、姫君のお父上ってことかい？」

「そうです」

綾姫は何のためらいもなく、そのとおりだと答えて、憂《うれ》える顔になった。

「いつから、そうなったのか……父上はバカがつくくらい生真面目な人でしたが……藩の財政が苦しくなったときに、ご公儀に黙ってやっていたらしく、少し余裕ができたので、自分の贅沢《ぜいたく》のために……でも、私にも分からないのです。父上がどうして、そんなふうになったのか」

「まあ、人ってのは変わるものだからなあ」

眼下には——。

腰縄をつけられた百姓が数名、銀山奉行とその配下の久居藩士たちに、笞《むち》をふるわれながら、無理矢理、坑道に入れられている。こんな所で働きたくない、帰りたいと泣き叫んで哀願する者たちを、強引に働かせているのだ。

「聞くところによると、あの中に連れ込まれた百姓は二度と、お日様をみることはないとか……もし、坑道の中で死んでしまえば、その場に打ち捨てられる」

「そんなバカな……綾姫様。そこまで知ってて、どうして助けないのです」

「もちろん、何度か試みました。でも、私たちだけでは、どうにも……それに、このことが万が一、ご公儀に知られれば、この藩が取り潰されるのは火を見るより明らか……」

「じゃ、どうするんだよ。放っておくのか？」

文左は自分が追われる身だということも忘れて、憐《あわ》れな百姓たちのことが気になった。

そこまで文左が思うのには訳がある。いずれは物や金《かね》が流れる世の中になるはずだ。だが、それらは百姓が米をしっかりと作っているからこそできることだと、諸国を旅していて、承知していたからである。

「この国は瑞穂《みずほ》の国だ。どんな世の中になろうとも、米を作れなくなったら、おしまいや……俺は、金が一番だと思ってるが、幾ら金があっても、米がなくては生きてはいけぬ。幕府も藩も滅びてしまう。どれだけ銀を掘り出しても、世の中の礎《いしずえ》がなくなってしまえば、本当にしまいやで」

「同じようなことを、父上も言ってました。なのに、どうして……」

深い溜息をつく綾姫を見やって、文左は慰めるように、

「ああ、天下泰平の旦那がいりゃ、なんとかしてやるんだろうが、俺ひとりじゃ……」

「誰かに助けて貰おうとは思いませぬ。これは、私たちの藩のことですから」

目の前の惨状を見て、綾姫は決意をしたように頷いた。

「やはり……山田奉行の岡部様に、ご相談しましょう。ねえ、十兵衛……おまえは、どう思う、和馬」

十兵衛と和馬は、おそらく綾姫の幼馴染みのようものなのであろう。お互いに気心が知れている口調で、十兵衛が返した。

「そうですね。たしかに、ご公儀に知られれば、改易かもしれませんが、岡部様は伊勢神宮を任されており、伊勢の国自体を大切に思っていらっしゃる方です。大事に至る前に、善処してくれるに違いありますまい」

と言って、和馬と頷きあったとき、文左はなんとなく不安めいた声で、

「それはどうかなア。これ幸いと、ぶっ潰しにくるかもしれないぜ」

「なぜ、そのようなことを言う」

「この俺を……そして、天下泰平という立派な旦那を無実の罪で追っているのは、その山田奉行様だからだよ」

「まさか……!?」

「おっと、待った。疑うならば、その山田奉行とやらに、会わせてくれないか。こう見えて、案外と、役に立つかもしれねえよ、あんたたちのためにも」

何か腹案でもあるのか、文左は余裕をこいて、ポンと自分の頭を叩いた。

三

内宮の入口ともいえる五十鈴《いすず》川に架かる宇治橋を渡る頃、蕭々《しょうしょう》と雨が降ってきた。

「なるほど、まさに神のもたらす恵みの雨……命の水だな」

泰平はそんなふうに思いながら、空を見上げた。

鬱蒼とした木々が生み出す滴《しずく》のようだった。気持ちのよいくらい、草や葉の匂《にお》いが鼻腔《びこう》に漂う。

聳《そび》える樹木に白い靄《もや》が広がっているから、その先が見えないほどだ。雨の音と川のせせらぎ、そして、時折、聞こえる鳥の声が、森に棲む命を感じる。

いや、まさに八百万《やおよろず》の神々がここには棲んでおり、それが諸国に飛翔していっているに違いないと感じた。

遊郭や芝居小屋のある古市を急ぎ足で過ぎて来たとはいえ、内宮の広い境内に一歩踏み入ったとたん、俗世の雰囲気が不思議なくらい消えて、いきなり聖域に入ってきたようだ。玉砂利の音をさせながら、数歩先を歩いているお藤の姿さえ、神々しく見える。

「おい、お藤。何処まで行く。神楽の雁三郎ならば、古市にいるのではないのか」

「まあ、いいから、ついて来なさいな」

涼やかな声で言うと余計に、泰平の後に続いている久右衛門も不安そうな顔になった。

音もなく白鷺《しらさぎ》であろうか、靄の中から現れて、木立の中に消えた。天狗《てんぐ》のようにも見えた。そんな厳《おごそ》かで冷ややかな森の中は、時が止まっているようでもある。

五十鈴川は御手洗《みたらい》場である。石畳を降りて、その水で手を清めてから、神楽殿の方に向かうと、五丈殿《ごじょうでん》、御酒殿《みさかどの》などいくつもの倉があって、樹齢数百年の樹木とあいまって、さらに神々しさをましてくる。

聳える大鳥居の、さらに奥にある幾つかの御門をぐるぐると正殿があるのだが、そこに天照大神が祀《まつ》られている。思わず泰平は手を合わせたが、正殿には行かず、外玉垣《そとたまがき》の南御門のあたりで、ひとりの男が立っているのを見かけた。烏帽子狩衣《えぼしかりぎぬ》の神事でも行うような白装束で、ずっと佇んでいた様子である。

「雁三郎様。お連れしましたよう」

お藤が気さくに声をかけた。もっとも、この女、初対面であろうが、身分の高い者であろうが、傍《はた》から見たら恐縮するほど軽々しい態度をするが、泰平はその神官らしき男を見て、

――こいつが、雁三郎……嘘だろう……なんだ、この穏やかさは……。

と正直、そう思った。

可憐なお藤の声に振り返った雁三郎の顔は、いわゆる、えびす顔で、ほっこりと笑っている。荘厳な神殿に相応《ふさわ》しくないほど、明るくて、にこやかである。白装束ではあるが、体もふくぶくしく、ぽっこりとお腹が目立っていた。神官といえば痩《や》せているという思いを裏切る姿だった。

「拙者《せっしゃ》、素浪人……」

声をかけようとしたとき、雁三郎の方から、

「承知しておりますよ。天下泰平殿であらせられますな。ええ、お藤さんから、聞いております。お待ちしておりました」

天照大神を祀っているに相応しいくらい、大らかな陽光のような笑みをたたえていることに、泰平は肩透かしをくらった。

伊良湖岬の村では、この雁三郎の子分とやらが、若い娘をさらっていくとか、はたまた紀州船の抜け荷にも関わっているのではないか、という疑いも抱いただけに、まったくの別人のように感じたからである。

「これは、ありがたいと言うべきか……」

泰平は訝《いぶか》しげに見やった。旅の間、ずっと抱き続けていた疑念を払拭《ふっしょく》できたわけではない。その内心を見抜いているかのように、雁三郎はさらに微笑んで、

「お藤さんとは、私の下にいる御師が旅の途中で会いましてな、なぜか意気投合して、この伊勢まで参ったそうな。しかも、私に会うなり突然、『伊勢神宮に眠っている帝のお宝を探して欲しい』などと言うものですから、こっちが面食らいましてな。でも、かような美形の女性であるから、神に仕える私でも惑《まど》ったしだいです」

「神に仕える……たしかに、御師の元締と聞いたが」

「元締という言い方はともかく、たしかに私は御師を束《たば》ねる者です。今や、御師はお

かげ参りの案内役として諸国を旅から旅でございますが、本来は神の使いでございます。神官や巫女《みこ》のように神聖なお役目を賜わっておるのです」

「その神聖なお役目が、人々を苦しめるような悪さをしているとは、どういう了見か、ちょいと聞いてみたいと思ってな……この人も、その被害にあったひとりだ」

と泰平は久右衛門の背中を押し出すと、雁三郎は穏やかな笑みのまま、

「こちらこそ、その話を聞きたいと思っておりました。私の名を騙《かた》って、色々な悪事を働いている者がいると小耳に挟んでおりましたから。ここでは少しばかり寒い。さあ、私の屋敷に参りましょう」

ずらりと並ぶ社殿や倉を縫うように歩き、来た道を戻って、神楽殿に向かった。神楽の雁三郎というくらいだから、お神楽の役者の家系であるのだろうか。泰平は聞くと見るとでは大違いの人物に、少々、戸惑っていた。

参道の途中にある銅板葺《ぶき》で、入母屋《いりもや》造の建物が、内宮神楽殿である。神楽殿、御饌《みけ》殿《でん》、授与所《じゅよしょ》などが厳かに並んでいる。求めたわけではないが、雁三郎は神札や御守を泰平たちに渡した。

きちんとするならば、御神札と神饌を供えて、お祓《はら》いをし、祝詞《のりと》を奏上するのであるが、神楽殿に入るなり、待ち受けていたように、雅楽が奏《かな》でられ、優雅な舞が繰り

広げられた。祈禱には、〝御饌〟と〝神楽〟があるらしいが、泰平たちは、いきなり神様の加護を受ける儀式に巻き込まれた。

「驚かせて済みません。これは、俗世から神の社《やしろ》に入ってくるお清めみたいなものです。お神楽の囃子《はやし》もなかなかよろしいでしょう？」

雁三郎は相変わらず微笑みながら、神楽殿の神事を行う所の裏手にある、厨《くりや》のような一室に入った。磨き抜かれた板間で、そこにも神が宿っている気がした。

思わず正座した泰平は興味津々と天井や柱などを見廻していたが、恐縮している久右衛門は、先ほどまでの怒りはどこへやら、自分の身に起こったことを言い出しかねていた。代わりに、泰平が掻《か》い摘《つま》んで話して、山田奉行にも相手にされない〝騙りまがいの事件を訴えると、

「なるほど……つまり、久右衛門さんは、お伊勢信仰のために金を出したがために、おやりになっていた油問屋の上州屋を手放すことになった……ということですね」

「そ、そうです……」

「それは困ったことですね」

他人事《ひとごと》のように言う雁三郎だが、本当に自分は知らないと断じて、

「そもそも、神道というのは、人が人として生まれながらにもっている良心を敬《うやま》う

ところにあります。ですから、仏教のように現世利益とか、そういう考えはなく、神と共に幸せに生きることにあります。その神の恵みをいただき、神を言祝《ことほ》ぐ」

「はい……」

「ですから、仏教のようにすべてを喜捨せよなどということはしません」

「……」

「やはり、私の名を使って、人々を騙す輩がいるのかもしれませんね」

「だとすれば……」

と泰平の方から語りかけた。

「あなたの名を騙って悪さをしているのだから、その輩を捕らえて処するよう、雁三郎さんから、山田奉行に訴え出てくれぬか。さすれば、久右衛門のように困っている者たちも救われると思うのだが」

「なるほど。それはもっともなことですな。早速、山田奉行宛に文を出しましょう」

思い立ったら吉日なのか、多忙を極めているためか、すぐさま雁三郎は片隅で、さらさらと書をしたためると厳封して、御師見習いに命じて、早々に山田奉行に届けさせた。山田奉行所は、度会郡小林村にあるが、目と鼻の先である。

「これで、山田奉行の岡部様も探索をしますでしょう。天下殿、あなたのことも含めて」

「──なら、いいのだが……」

一抹《いちまつ》の不安が残ると泰平は言った。

「と申しますと?」

「俺は、北条源七郎という山田奉行所の支配組頭と会ったのだが、一癖《くせ》も二癖もある男で、自分だけは逃げ延びる奴だ。このような神聖な神楽殿で話すことではないが、自分の悪事を隠すために、あっさりと田原藩郡奉行や船頭たちを殺したくらいだからな」

「…………」

「今の文とて、山田奉行自身に届く前に葬られるやもしれぬ」

「私が厳封したものですから、さようなことは……」

ないと思うと言ったものの、不安がよぎったのであろうか、

「分かりました……時を見計らって、私も直々に、山田奉行にお会いしましょう」

「そのとき、俺も同行してよろしいか」

間髪入れず申し出た泰平を、雁三郎はえっと見やった。

ほんの一瞬だが、雁三郎の瞳の奥が、泰平の図々しさを非難したように光った。だ

が、平然と泰平は続けた。

「それが叶うならば、俺は一気呵成《いっきかせい》に、色々な悪党を暴く証を握っている。もっとも、山田奉行の出方次第だがな」

明らかな勝算がある目つきだが、これは泰平一流のハッタリだった。腹の中では、まだ目の前の雁三郎を信じ切ってはいないのだ。

久右衛門のような〝騙り〟の被害者、伊良湖で会った可哀想な村娘、さらには紀州船による抜け荷……それらのすべてに神楽の雁三郎の名が出ているのは事実。もし、当人が噛《か》んでいても、

——私が命じました。

などとは言うはずもない。かといって、伊勢神宮の神官に繋がる者が、卑《いや》しい悪事を働いているとは思えぬ。御師の総元締の神楽の雁三郎という男、今一度、きちんと調べてみる必要があるなと、泰平は思っていた。

四

山田奉行所の表門には、数十人の旅人が集まって、がやがやと何か揉めているよう

であった。屈強な門番が押しやっているが、人々は怒声を上げながら、一切、引こうとしなかった。

「なんだ、これは……」

駆けつけてきた文左は驚きの余り、逃げ出したくなったほどだ。

だが、十兵衛と和馬はぐいと割って入り、

「久居藩納戸《なんど》役・八尋《やひろ》十兵衛と橘《たちばな》和馬である。火急の嘆願に参った。山田奉行に、お目通り願いたい」

「今は来客と面談をしておるゆえ、会うことは叶いませぬ。明日、出直してこられよ」

「断るならば、奉行にお尋ねしてからにして下され。あれにおわすは……」

十兵衛は声をひそめて、

「我が藩主、藤堂高通が姫君であらせられる。取り込み中のようだが、こちらも火急の用だとお伝え下され」

「いや、しかし……」

「領民の……山田奉行が預かる伊勢国領民の命がかかっておるのですぞッ」

十兵衛と和馬の迫力ある声に、門番も一瞬、身を引いた。外様《とざま》とはいえ、藤堂家は

徳川家とも深い関わりがある。面倒が起きてからでは困るので、門番は役所内に引き上げたが、すぐさま戻ってきて、

「どうぞ」

と意外なほど、すんなりと通した。

綾姫とその一行、もちろん文左も奉行所内に入ると、奥の座敷に通された。

しばらくすると、眉毛の濃い偉丈夫が険《けわ》しい形相《ぎょうそう》で現れた。

山田奉行の岡部勝重である。大身の旗本らしく、いかにも堂々としているが、何を考えているか分からぬ人相であった。

「久居藩の姫君とは……あまりにも唐突で驚きですが……」

「申し訳ありません」

丁寧に挨拶をしてから、綾姫は単刀直入に、隠し銀山の話をした。これまた予期せぬ話だと、岡部は疑わしい目になったが、綾姫は真剣に自分が見てきたことや、領内の村の人々がさらわれている状況、それらは自分の父である藩主・藤堂高通が命じていることだとすべてを吐露《とろ》した。

聞かされた岡部は深い溜息をついて、

「――信じられぬ……まさか、あの謹厳実直《きんげんじっちょく》な藤堂様が……」

高通とは面識があって、仁政とは何かを説いてくれたと岡部は話した。

「私も信じられませんでした。でも、それが事実なのです。このままでは、父上はお上に対して謀叛《むほん》をしているも同然です。岡部様の手によって、内々に解決することはできないでしょうか」

「ふむ……」

「藩の存亡のことだけを言っているのではありません。無辜《むこ》の民が酷い目にあっていることが憐れでならないのです」

「なるほど……あの藤堂様がさような不埒なことを……」

「でも、本当に私には信じられないのです。もしかしたら、家臣の中に奸計《かんけい》をめぐらせている者がいて、父上を陥れているのではないか、そうとも思いました。けれど……」

綾姫は切実な表情になって、

「父上を直接問い詰めたところ、余計なことを詮索《せんさく》するなと叱りつけられただけ……ですから、この者たちと内偵していたのです」

と十兵衛と和馬を見やった。岡部は綾姫の気持ちを酌《く》むように頷いて、

「なるほど。姫君の志《こころざし》と想い、この岡部勝重篤《とく》と承知致しました。早速、家来を

送り、慎重に調べた上で、善処しとう存じます」

「お奉行だけが頼りなのです」

縋《すが》る目になる綾姫に、岡部はしかと頷くと、十兵衛と和馬を案内役として、密偵役の家来たちを久居藩内に送ることとした。

「綾姫様はしばらく、この奉行所内におられるのが、よろしかろう」

岡部がそう勧めるのは、もし姫が心配するような奸賊が家臣の中にいるとしたら、身が危ういからである。

「私に策があります。虚心坦懐《きょしんたんかい》に話してわかればよろしいが、そうでないときには……」

「そうでないときには?」

「わざと何者かに殿を襲わせ……たことにして、死んだことにし、隠居を願う。そして、姫君に婿《むこ》を取らせて継がせる。まあ、これは慎重にせねば、御家乗っ取りの誹《そし》りも免れませぬからな。後で考えましょう」

「あ、はい……」

綾姫が頷いたとき、傍らで見ていた文左もほっと溜息をついて、中庭に目をやった。

するとそこには――お藤がにやにや笑いながらいるではないか。

「お藤！」

「あらら、また会いましたねえ」

「待て、このう。俺にお宝絵図面を返せ。でねえと！」

「でないと、なんだい？」

岡部が怪訝《けげん》にふたりの顔を見比べると、お藤がちょこんと縁側に座って、

「お奉行様。この人も無実だと思いますよ」

「ん？」

「槍の河田や郡奉行、船頭らを殺したのは、天下泰平の旦那同様、違うってこと」

「なんと……！」

と言いかけたとき、離れから、雁三郎と一緒に泰平が現れた。

「おう、文左。生きてたか。おまえも大変だったみたいだな。だが、この神楽の雁三郎のお陰で、俺たちの無実はお奉行に伝えられた」

飄々《ひょうひょう》と言う泰平に、文左の頭の中がこんがらがって、

「待て。なんだ、旦那……あんたは、その神楽の雁三郎ってやろうを、ぶった斬るために伊勢まで来たンじゃねえのか」

「慌てるな。話せば長くなるが、このように雁三郎は立派な御師だし、山田奉行の岡部殿も立派な御仁だ。あの北条という支配組頭だの、娘をたぶらかしていたならず者たちは、どうやら、勝手にこの人たちの名を騙っていただけのようだ」

「本当に……？」

文左は何やら文句を言いたげだったが、泰平はちょこちょこっと目配せをした。

「なんだ？　目に塵《ごみ》でも入ったンですか。まったく、もう……こっちは、お陰で槍を盗んだの何だのと、下手すりゃ捕まって殺されてたんだからね、もう」

「奉行所の表に押し寄せているのは、偽の御師に騙されて、財産を奪われた人たちだ。これから、お奉行がじっくりと話を聞いて、これもまた雁三郎と話し合って、真実を暴くと言っておる」

「真実を……」

「うむ。さすれば、騙りにあった者は救われ、殺しの疑いをかけられた俺たちも、これまでどおり、堂々と街道を歩けるわけだ」

「さいですか……」

「なんだ。ちっとも嬉しそうじゃねえなあ」

「いや。そういうわけじゃ……」

文左は泰平の袖を引っ張って、渡り廊下の片隅にいき、

「——旦那。本当に信じていいんですかい、その神楽の雁三郎を……あ、いや。奉行の方はちいとは、マシみたいだが」

「疑り深い奴だな。だから、商人は嫌いだ。なあ、文左さんや。人は生まれながらに持っている良心があって、それを信じるのが神を信じることに通じるんだよな。だからこそ、人を騙すのは罪が重いのだ」

文左は掌を泰平の目の前にかざして、

「旦那……あんたも騙された口でっか？　神や仏を信じる人じゃあるまいに」

「おまえも進歩せぬなあ。男子、三日会わざれば刮目《かつもく》してみよというだろうが、バカは三日経ってもバカか。ふはは」

「なんだと、このオ！」

「怒っている間に、やるべきことがあるのではないか？」

また目配せをする泰平に、文左は今度は何となく察したのか、もう何も言わなかった。そして、素早く綾姫の側に駆け寄って、ちょこんと座ると、

「ねえ、姫君。あっしは、あなたをずっとずっとお守りしますからね」

そう言って、何が嬉しいのか、ニコニコと笑い出した。それを見た泰平も、バカが

移ったように笑いはじめた。

あまりにも陽気なふたりを、岡部と雁三郎は不思議そうに眺めて、お互い見合った。

五

翌日、雨が酷くなった。

簑合羽《みのがっぱ》を着た十兵衛と和馬は一路、久居藩に向かっていた。代官所の手代ふたりも一緒である。

勢和《せいわ》の峠道を廻ったところで、前方に、やはり簑笠を被った侍らしき者が数人、待ち伏せていた。何も言わず、いきなり刀を抜き払い、一斉に十兵衛たちに向かってきた。

「何奴！　久居藩藤堂家家臣と知っての狼藉《ろうぜき》か！」

相手は問答無用で斬り込んできた。屈強な十兵衛は、鋭く侍たちの刀を弾き返したが、和馬は突然、背後から、バッサリと斬られた。

雨飛沫《しぶき》が弾く地面に、和馬は目をカッと見開いたまま倒れた。

「和馬あ！」

背後から斬ったのは、奉行所の手代たちであった。

「貴様ら……!?」

「気づくのが遅いわ。姫は、こっちで預かったことになる。人質としてな」

「人質だと？」

「そのうち分かる……いや、おまえは、ここで死ぬから、分からぬか」

キエーイと手代が踏み込んで来るのを避けて、十兵衛は袈裟懸《けさが》けに相手を斬った。その鋭い剣捌《さば》きに、一瞬、間合いを取った侍たちは、ぐるりと十兵衛を取り囲んだ。待ち伏せしていた頭目格に、十兵衛は勢いよく駆け寄って、一太刀浴びせた。バサッと笠が弾け飛んだが、露わになったのは——支配組頭の北条だった。

「やはり、おまえか……」

お互い面識はあるようだ。十兵衛は、山田奉行の腹心でありながら、その立場を利用して悪事を働いている北条に唾《つば》を吐きかけ、

「武士の風上に置けぬ奴。俺がここで成敗してくれる」

「若造……おまえはまだ分かっておらぬようだな。すべては……あの御仁に命じられて、俺たちは動いているのだ」

「なに……」

「奉行所に姫君を置いてきたのも、間違いだったな。むふふ」

「おのれッ」

激しく打ち込むが、北条も負けてはいない。しかも多勢に無勢である。誰かが、十兵衛の足下を払い腰から崩れた。それに向かって、

——死ねッ。

とばかりに、北条が斬り込もうとすると、その足下に、スパッと槍が突き立った。

ぎょっと振り返ると、峠道から、河田正一郎が袴《はかま》を股立ちにして駆けてくる。

「あっ……貴様は……!?」

正一郎が無言のまま近づくと、簑侍たちが斬りかかったが、ひょいひょいとかわして槍を摑み直すや、相手の膝や股を軽く突いて、身動きできなくした。いずれも壊れた操り人形のように倒れたまま、呻《うめ》き声をあげている。

その勢いに恐れをなした北条は手下を置き去りにして逃げようとしたが、スッと正一郎の槍が眼前に伸びてきた。

「逃がすわけにはいかぬな、おまえだけは」

「ま、待て……金ならある……幾ら欲しい。巡見使だと言ってたが、本当なのか……

ならば、山田奉行と会ってからでも遅くはあるまい……あやつは……久居藩の裏切り者で、藩主を売ろうとした輩で……」

「下らぬ嘘をつくな。俺はおまえたちの悪事を承知で、近づいていたのだ。むろん、久居藩の銀山のこともな」

凝然となった北条は絶望の顔になって、だが、このままでは引き下がれぬとばかりに刀を握り締めた。

「泰平が来たのは慮外《りょがい》だったが、あの崖から落ちた後も、俺は色々と調べたのだ。おまえたちのことをな」

「……ど、どうして、生きていた」

「おまえが気づかないのも無理あるまい。俺を斬った泰平ですら騙されているはず……腹には鳥の血を詰めた肉を入れたのだ。敵を油断させるときには、よく使う手だ」

「…………」

「だが、今のおまえは、それを仕込む暇《ひま》もないはず……おまえのような悪党は、斬り捨て御免……それとも、裏切って、俺の証人になるか」

「なる。ああ、なんでも話す。おまえさんの味方になる」

「そうか、ならば……」

と正一郎が槍の穂先を下ろした瞬間、
いきなり斬りかかった北条の心の臓が、グサリと一突きに刺された。

「わあ！　くらえ！」

「命を無駄にしおって……バカな奴」

正一郎は雨水で血を洗い落とすと、毅然と見ていた十兵衛を振り返った。こくりと頭を下げた十兵衛は、和馬を抱き寄せて背負うと、先に歩き出した正一郎について黙々と歩き出した。


久居藩は陣屋であるが、深い掘割と堅牢《けんろう》な石垣で囲まれていた。

南北朝の昔から戦国時代を通して、この地は北畠《きたばたけ》家や有力な国人《こくじん》が群雄割拠《ぐんゆうかっきょ》していた土地柄だった。それゆえ、実戦向きの城が多く、江戸時代になっても、伊賀上野《いがうえの》城や津城、赤城《あかぎ》城、松坂《まつざか》城など大砲でも崩せぬ頑強な石垣の城が多かった。ほとんどが藤堂高虎の手によるものである。

ましてや久居藩は、藤堂高虎の直系が守る城である。江戸時代になってから、紀州藩が支配するようになった伊勢周辺にあって、悠然と自領を保っていた。

藩主の高通は、いかにも戦国武将の血を受けているという風貌で堂々としていたが、面会した正一郎にも、

——何を考えているか読めぬ。

ところがあった。

ギラリと向けた高通の目には威圧するものがあるが、逆に芝居じみたものにも感じられる。その前に正座している正一郎は、傍らに控えている十兵衛に目をやった。

十兵衛が恐縮したように平伏して、

「殿……目を覚まして下さいませ……この河田様はすべてお見通しです」

「ふむ。何をじゃ……巡見使と申したが、どうだかな……ふつうは密かに動き、藩主や役人などの気づかれぬよう民情視察をするものだ。偽者やもしれぬぞ」

「——殿、それは違います……」

何か続けて言おうと十兵衛が口を開いたが、高通はそれを制して、

「百石で召し抱えてやろう、河田とやら」

「いや。たとえ千石、二千石でも、仕官をするわけには参りませぬ」

「ほう……」

「風の向くまま気の向くまま……というわけにはいかぬが、旅から旅の務めは私の性

に合っているものでして」

「さようか。ま、我が大事な家臣を助けてくれたことには礼を言おう」

高通はすっと立ち上がって十兵衛を見やり、

「和馬は丁重に葬ってやれ。おまえと幼馴染みで、我が藩では竜虎と言われた剣術使いだったが……不意打ちには役に立たなかったか。まあ、そんなものだ」

それだけ言って、奥へ立ち去ろうとすると、十兵衛がすぐさま向き直り、

「殿！　綾姫様が山田奉行に囚われておるのですぞ！」

「…………」

「私の不覚でした……姫を奉行所に置いて来たのが、私の……」

「気にするでない。軽はずみなことをした綾の……自業自得じゃ」

強張《こわば》った表情のまま高通が去ると、見送っていた正一郎は、十兵衛に言った。

「——なかなか、本音を見せぬ殿様だな」

「はい……銀山のことでは、再三、私たちも詰め寄りました。すでに河田様もお調べのとおり、我が藩は公儀に内緒で、銀山を掘り続けておりました」

「のようだな……」

「ご公儀に知られれば、殿の切腹は必定《ひつじょう》。なのに何故に、隠し掘りを続けているの

か、私にも姫にも理解できないのです」

十兵衛は無念そうに両肩を落としたが、拳はしっかりと握り締めたまま、

「たしかに銀によって、少なからず藩財政は潤いました。しかし、殿は何か別のお考えがあって、隠し掘りを続けているに違いありません。領民に酷い仕打ちまでして、何故……そんな殿ではなかったはずなのに」

「獅子身中《しししんちゅう》の虫でもいるのではないか？」

「かもしれません。ですが、そんなあくどい奴が我が藩にいるとも思えませせぬ。そこまで腐っていることは決してない」

「なにも裏切り者が藩内の者とは限らぬ」

「え？」

「殿が、何者かに脅されているとすれば、仕方がないのではないかな？」

「何者か……一体、それは誰なのです」

身を乗り出して十兵衛は聞こうとしたが、正一郎は何も言わなかった。軽々しく口にすることの出来ぬ名だからである。誰かは分からずとも、聡明な十兵衛は正一郎の意図を察したように、

「あるいは、もしや……」

と目を輝かせた。

「心当たりでもおありかな?」

「いや、分からぬ。ただ、たしかに領内には、見慣れぬ者たちが何人も……待てよ。あの男とて仕官したのは、この二、三年のこと」

「あの男?」

「銀山奉行の真壁善継《まかべよしつぐ》という者です」

「真壁、な……」

正一郎が聞き覚えのある名だと思ったとき、ふいに中庭に風が舞い起こった。殺気を含んだ苦い風だ。

立ち上がって障子戸を開けたが、誰もいない。

「気のせいか……」

戸を閉め直した。だが……正一郎たちの目には届かぬが、屋根の上には——竜蔵が身を伏せていた。

六

古市は外宮と内宮の間にある。

日が落ちると辻灯籠《どうろう》が妖しく輝き、遊郭からは弦歌や嬌声《きょうせい》が漏れ聞こえてくる。いや、漏れ聞こえるどころではない。窓を開けて、やんややんやの大騒ぎである。

遊女が打ち揃っての伊勢音頭は壮観である。中でも備前《びぜん》屋、油《あぶら》屋、杉本《すぎもと》屋という妓楼《ぎろう》の賑わいは日の本一であろう。

さすがに千人の遊女を抱える大繁華街で、芝居小屋や見世物小屋も百目蠟燭《ひゃくめろうそく》で灯りをとって演じられている。この伊勢歌舞伎《かぶき》も旅人の心を癒《いや》す楽しみである。役者の方も、この地で修業することで、一人前になると言われていた。

火にうるさい江戸では考えられない夜の盛況に、泰平と文左も思わず、旅の恥はかきすてとばかりに、酒の勢いもあって、ついふらふらと妓楼の玄関の奥で迎えている太夫姿の遊女にニコリと微笑むのだった。

「――旦那。ねえ、今日くらいは精進落としに行こうじゃありませんか」

「うむ。それもまた風流だな」

「そうしやしょう、そうしやしょう」

「と行きたいところだが、先立つものがない」

「あれ？　また金の無心ですか。それは御免被《こうむ》りますよ」

「どうせ、千両……いや、それはおまえの嘘だから、本当は三百両。いやいや、詳しく言えば、二百八十五両の借りだから、二、三両ばかり増えたって、どうってことなかろう」

「冗談じゃねえや。こちとら汗水垂らして働いて、こつこつ貯めた金を旦那のために使ったンですぜ」

「俺のためってことはないだろう。お宝絵図欲しさに、おまえが勝手に……」

「また、そこに話を戻しますか」

「おまえが振ったのではないか。どうする、出すのか出さぬのか」

「ケッ。分かンねえなあ、もう。女郎に売り飛ばされる娘っ子を助けると思や、こんな所に来ては買おうとする。どっちなんだ、旦那はよ」

「おまえこそ、どっちなんだよ」

「俺はてめえの金で遊ぶンだから、いいでしょうが。ほな、さいなら！」

泰平に構わず最寄りの遊郭の張見世に張りついて、中に居並ぶ美しく着飾った遊女

を物欲しそうに眺めているると、

——アッ。

と文左の目が輝いた。それを横合いから見ていた遣り手婆《やりてばばあ》が、

「お兄さん、目が肥《こ》えてるねえ。あの子は昨日、入ったばかりなのさ」

揉み手で擦り寄ってきたが、文左は突き飛ばすように張見世の中に踏み込むと、

「お鈴……お鈴ちゃんじゃないか、おい」

「………」

「文左だよ、あぶの文左。忘れちまったのかい？　ほら、伊良湖の龍神様の御堂でよ」

分かっている様子だが、白塗りで綺麗に着飾っているお鈴はどう答えてよいか困って、俯《うつむ》いている。それでも文左は、その手を引きながら、

「来な。村に連れて帰ってやる。おまえのことは片がついたはずじゃないか。なのに、どうして、またこんな……」

少し踏ん張ったお鈴だが、文左は強引に連れ出そうとした。

すると、張見世の裏手から、牛太郎ら郭《くるわ》の若い衆が飛び出してきて、いきなり文左の両脇を抱えるなり、表に放り投げた。

「いてて……なにしやがる。おまえら、性懲《こ》りもなく、娘っ子を酷い目にあわせやがって。こうなりゃ、このあぶの文左！　どうでも許せねえ！」

いきり立ったが、若い衆は鼻で笑っているだけだ。張見世の中のお鈴は寂しそうに目を伏せただけである。

「なにを粋《いき》がってやがる」

その声に振り返ると、手首に布を巻いた弁三と腰を傷めている伊佐次が立っていた。

「この怪我の仕返し……たっぷりさせて貰うぜ。てめえら、やっちまえ！」

弁三が命じると郭の若い衆たちは、すぐさま匕首《あいくち》を抜いて突きかかった。文左は素早くよけながら、

「おまえらこそ、せっかく命を助けてやったのに、性懲りもなく……どうなっても、知らねえぞ！　おう！　てめえらじゃ、話にならねえ！　神楽の雁三郎を呼んで来い！」

「てめえ、親分の名を呼び捨てにしやがって……」

誰かがそう声を発した。ニタリと笑った文左は、着物の裾を捲《まく》り上げ、

「ほれ、見やがれ。地金を出しやがった。御師を親分て呼ぶかよ。おまえたちの親分

様は、山田奉行所にいるぜ。とっとと呼んで来やがれ！　俺が折紙みてえに畳んでやらあ！」

と啖呵《たんか》を切ると、さらに十数人の子分たちがドッと現れた。

外宮内宮の間とはいえ、神聖な伊勢神宮の中であることには変わりない。それを血腥い喧嘩で汚そうというのだから、困ったものだとでも言いたげに、客たちは遠巻きに眺めていたが、さすがに泰平だけは素知らぬ顔をできなかった。

「まったくバカやろうが……おい、文左。おまえみたいに、すぐ見境なく喧嘩を売ってたら、命が幾つあっても足りないぞ」

「旦那は、お鈴の姿を見て、黙ってろってんですかい」

「そんなことは言ってはおらぬ。ただ、この遊郭の女郎千人、ぜんぶ連れて帰るのは到底、無理だ。おまえの親父の身代かけても足るまい。それに、みながみな帰りたいわけでもなかろう。ひとりひとり事情があるはずだ」

「旦那！　あんた、そんなに冷たい奴だとは思ってなかったよ！　さっきは、鼻の下を伸ばして、ねえちゃんと旅の恥はかきすてだなんて、ぬかしてたが、やっぱりそういう奴なんだ」

「それはそれ、これはこれだ、アホ。商売人なら、もう少し頭を使えよ。雑魚《ざこ》と斬り合うのも勝負なら、鯛《たい》とやりあうのも勝負だ。同じ勝負なら、雑魚とはせぬものだ。怪我をしたらバカらしいからな」

泰平が笑いながら近づくと、若い衆たちは一斉に取り囲んで、

「雑魚とは聞き捨てならねえな。この三下の仲間なら、一緒に始末してやらあ」

躍りかかったが、泰平は刀を抜くこともせず、柔術でかわしながら、あっという間に数人を地面に叩きつけた。ときに足で踏みつけ、拳で殴りつけたが、まるで赤子の手をひねるような扱いに、弁三と伊佐次もぶるぶると震えだした。

その顎《あご》を摑んだ文左は、鋭い口調で、

「とっとと、雁三郎を呼んできやがれ。てめえだけ後ろに隠れて卑怯な奴だとな」

「は、はい……」

弁三と伊佐次は情けない声を上げながら、駆けだした。

すぐさま張見世の中に入った文左は、お鈴を連れ出そうとした。だが、それでも、お鈴は踏ん張るように、

「このまま逃げ帰っても、また連れて来られます。それに、お父っつぁんにも叱られます。お金がないことには私は……」

「そんなこと言って……じゃ、おまえはこのまま、こんな所にいていいのか？　おま

えが助けた若い水主と、所帯を持つンじゃなかったのかい？」

「それは……」

「俺だって、この遊郭の女たちをみんな助けられるわけじゃない……でもおまえだけは……おまえが、こんな目に遭ったままなら、あの御堂でおまえと会った意味がねえ」

「——ありがとう文左さん……でも、村から連れてこられた他の娘たちを置いて、私ひとりが助かるわけにもいきません……これが私の運命《さだめ》なんです……」

さめざめと泣くお鈴に、文左は言葉を失っていた。

外で見ていた泰平は、短い溜息《ためいき》をついて、

「諦めるなお鈴。これが運命だなんて悲しいことを言うんじゃない。神様は己れを大切にする者を必ず助けてくれる。よいな」

と慰めを言ったが、文左は自分ひとりではどうすることもできず、

「旦那ァ！　なんとかしてくれよオ……」

そう繰り返し、わあわあと泣きはじめた。

七

古市の妓楼『油屋』の二階に、雁三郎が現れたのは、半刻ほど後のことだった。襖を開けると、陽気に伊勢音頭を歌い、踊るどころではなく、葬式のように静かだった。そんな座敷でまるで殿様のように、床の間の金屏風を背にして、泰平は大杯で酒をあおっていた。

「――天下泰平殿……これは、どういう座興《ざきょう》ですかな？」

雁三郎は相変わらず、にこにこと恵比寿のように目尻を下げて、

「うちの若い衆を痛めつけた挙げ句、私に出てこいとは、少々、乱暴ではありませぬか。幾ら、お藤さんの知り合いとはいえ、座興が過ぎますぞ」

「お藤とは、さほど深い付きあいでもない。それとも、おまえさん、骨抜きにされたか、あの女に」

「ご冗談を」

「ならば、こっちこそ教えて貰いたい」

「何を……でございます？」

「古市に眠っている隠し財宝だよ」

「はあ？　なんです、それは」

「隠さずともよい。かつて、色々な戦国武将がこの地を散々、狙ったのは、この古市に宝の山があったからだ。神をも恐れぬ行いかもしれぬが、その頃、ここはまだ鬱蒼としたただの山だった」

「…………」

「丁度、古市が外宮と内宮の間にあるのではなく……かつて、長嶺と呼ばれたここを〝古市〟に変えたのは……戦国武将が血で血を洗って、戦ったからだ……古い血……それが固まって蓄えられた財宝が、どっさり埋まっている」

「またまた、作り話はいけませせぬな」

「隠し銀山ならぬ、隠し宝山《ほうざん》……独り占めはいかぬな」

「そんなバカげた話は……」

首を振りながら、雁三郎は呆れ返った。

「ないというのか」

「ありませんな。そんなつまらぬ話をするために、私を呼び出したのですか、若い衆をいたぶってまで」

「勘違いするな。乱暴を働いてきたのは、そっちの方だ。こっちは返り討ちにあわせたまで……もっとも、おまえさんに出向いて貰いたかったのは本当だ」

宝の話をしつつ、何を探りたいのか、雁三郎も泰平の意図が計りかねているようだった。だが、泰平は淡々と、お藤から預かったお宝絵図を見せて、

「丁度、この『油屋』を中心に、十間ずつ東西南北に、〝金の延べ棒〟が埋まっているというのだ。漢《かん》代の金が、唐《とう》の国からもたらされたとの話もある」

「…………」

「掘り当ててもよいのではないか？　遊郭をすべて潰しても、それを超えた儲けになると思うがな。どうだ、雁三郎。この話、一口、乗らぬか」

「乗りませぬな」

あっさりと雁三郎は答えた。

「浪人暮らしで、夢物語を信じるしかないほど懐《ふところ》が空っぽとみえる……ずばり、言ってもらいましょう。幾ら欲しい」

「そうだな……」

泰平は懐手で顎を撫でながら、

「一万両で手を打とう。それだけあれば、大名並みだ。一生、ここ古市で、おまえの

用心棒を引き受けてもよいぞ」

「随分と剛毅《ごうき》な……だが、そのような大金、あるわけがないでしょう」

「いや、それがあるのだ」

「………」

「おまえもよく知っている、銀山」

目がギラリとなった。その鋭く変化する輝きを、泰平は見逃さなかった。

「あの隠し銀山ならば、それくらいは用立てられるであろう。その元締も、おまえが任されていることは、承知している」

「――困りましたな」

「こっちが困ってるのだ、おまえの見抜いたとおり、空っけつでな。騙りで得た金もかなりあるだろう。ケチケチするな」

でんと構えて、大杯でさらに酒をあおってゲップをする泰平を、雁三郎は苦々しい表情で見ていた。

えびす顔はすっかり消えていた。

翌早朝――。

隠し銀山まで、十兵衛に案内されて来た正一郎は、まさに自分の目で、その悲惨な実態を確かめた。四方を逆茂木《さかもぎ》で囲まれた銀山の坑道口にいた、羽織袴の侍が十兵衛の姿に気づいて、駆け寄ってきた。

「八尋……貴様、かような所で何をしておる」

正一郎は羽織袴の侍を一目見ると、

「おぬしが銀山の奉行か。隠し銀山の」

「なんだと……」

「まさか、真壁……おぬしが銀山奉行になっているとは、思ってもみなんだ」

「!?――」

正一郎を凝視した真壁は、驚きで目を見開いた。

「どこぞで見覚えがあるようだな」

「…………」

「行方知れずになったままの公儀隠密が、かような藩で銀山奉行とは、どういう経緯か聞かせて貰おうか」

「黙れ。おぬしに話すことなどない」

「まさか、これもご公儀の命令だというわけではあるまいな」

「何もかも知っているような口をきくな。ご公儀には、おぬしごときが把握してないことは山ほどある」

真壁と正一郎が鋭くお互い見合ったとき、十兵衛は唖然となった。まさか、真壁が公儀隠密だとは思ってもみなかったからである。

「百歩譲って、公儀の命令で久居藩に潜り込んだとしよう……隠し銀山を江戸に報せもせず、何を企んでいる」

何も答えず、真壁は見据えたまま、

「おぬしも公儀隠密のひとりならば、ここはやり過ごしていけ。さもなくば……」

「さもなくば？」

「面倒だが、死んで貰わねばならぬ。これも、公儀のためだ」

忍びであろう。いつの間にか、数人の樵《きこり》姿の男たちが正一郎と十兵衛の背後に近づいていた。手には手裏剣《しゆりけん》や刀、鉄砲や弓矢を構えた者もいる。

「よいな、槍の河田……これは公儀のためだ。おぬしはこのまま他藩を巡察すればよい。言っている意味が分かるな」

「とんと分からぬ。俺は巡見使として諸国を見廻っているが、実のところは、老中支配でも若年寄支配でもない。上様、直属の役目を担っている」

「ふん……」

真壁は鼻で笑った。

「愚昧《ぐまい》な犬将軍の犬とは、洒落《しゃれ》にならぬ。実質、天下を牛耳《ぎゅうじ》っているのは……将軍側用人の柳沢吉保様、おひとり」

「――上様が、まこと愚かな将軍と思うておるのか？」

「なんだと……？」

「まあよい。たとえ、隠密であろうとも、俺に課せられた使命には、貴様のような幕府の裏切り者を斬ることも含まれている」

「やれるものなら、やって……」

と真壁が言いかけると――ヒュンと矢が飛来した。

とっさに避けた正一郎だが、目の前を過ぎるや真壁の心の臓に突き立った。いや、正一郎が避けたせいではない。端から、狙った矢の筋であった。

矢を放ったのは、樵に扮した忍びたちの遥か後ろの岩場に立っていた竜蔵だった。

「………」

ふっと笑って、岩場に隠れた。振り返ってそれを見た忍びたちは、思わず竜蔵が消えた方に追いかけた。

「やめろ。深追いはするな」

と正一郎は声をかけたが、忍びたちは構わず、猿《ましら》のように跳びはねながら追いかけた。

「よせ。返り討ちにあうのがオチだぞ。そいつは、熊木源斎の手の者だ。やめろ」

だが、無駄だった。樵姿の忍びたちは岩場の向こうに姿を消した。血も涙もない熊木のことだ。おそらく、皆殺しにされるであろう。

正一郎は、逆茂木の向こうに倒れている真壁を憐れに思ったのか瞑目《めいもく》し、

「おまえもまた、柳沢にいいように使われたということか……どこまで、人を利用すれば気が済むのだ、あやつ……」

どういうことか分からず、茫然と立っている十兵衛に、正一郎は毅然《きぜん》と言った。

「まずは、銀山で働かされている領民を解き放ってやるがよい。そして、殿に伝えるのだ。もう隠し掘りをすることはない。すべてを話すときがきたと」

八

一方――。

山田奉行所の一室では、眉間《みけん》を寄せた岡部と雁三郎が、顔をつきあわせていた。

「で……おまえは、何と答えたのだ」

苛立ちを隠せず、岡部は脇息をガタガタと床に打ち鳴らしていた。

雁三郎も似たようなもので、どうにも落ち着きがない。泰平に秘密がバレそうなので気にしているのではなく、他の誰かに恐怖を抱いているようだった。

「あの天下泰平という素浪人は、銀山のことを知っていた」

「銀山のことをな……」

「久居藩の姫から話を聞いたのかもしれんが、古市のお宝話と絡めて、つまりは俺たちを脅しにかかっているようなのだ」

「まずいな……消すしかないか。でないと、こっちがマズいことになる」

「だが、奴は伊良湖岬の一件……あの紀州船の難破から関わってる。なに、遊女のことなんかは取るに足らぬことだが、もし銀山と紀州船のことがバレれば、あの御仁も、まずかろう」

「そうだな……」

岡部は苦々しく口元にも皺《しわ》を寄せて、

「実は、久居藩に手の者を送って、藩主を消そうとしたのだが、それも失敗した。ああ、橘和馬は殺したのだが、八尋十兵衛の方は捕り逃がしてしまったのだ」

「ええ!?」

「帰りが遅いから心配していたのだが……槍の凄腕が現れて、北条までもがバッサリとやられてしまった」

「ということは……」

「うむ。そやつも久居藩主の藤堂に近づいた節がある」

「では、もしや公儀の……」

「公儀隠密など恐れるに足らぬ。イザとなれば、こっちには……」

と岡部が言いかけたとき、シッと雁三郎が指を立てた。

障子戸は締め切ったままなのに、ゆらりと白い煙が入ってきた。香《こう》の匂いがする。

思わず立ち上がった岡部は、嫌な予感がしたのか、床の間の刀を握り締めた。

「何奴だッ」

廊下に向かって叫ぶと、白煙が入ってきたのとは違う方の襖が、音もなく開いて、薄暗い中に、人影が立った。

袖無しの長い陣羽織を着た熊木源斎だった。

傍らには、源斎の手下の竜蔵とお才《さい》が控えている。

「誰だ、貴様は！」

岡部は凝然と源斎を見やって、抜刀して身構えた。

「ここを何処と心得ておる。不埒な輩めが、あの素浪人たちの仲間かッ」

「…………」

無言のまま一歩、二歩と近づくのへ、岡部は怒声を放ってから、「出会え、出会え、曲者じゃあ！」とさらに声を張り上げた。だが、誰も駆けつけてはこない。

後ろ手で、雁三郎が障子を開けると、廊下や中庭には、奉行所の役人が数人、倒れ伏していた。今し方、流れ込んできた煙は、眠り薬だったのであろう。

「山田奉行岡部勝重……」

源斎はとろんとした目つきのまま、岡部を睨みつけた。眠っているのか、開いているのか判別できぬ異様な目だ。

「おぬし、もうそろそろ、お払い箱だな」

「何をぬかす。貴様……名を名乗れ」

「熊木源斎……と言えば分かるかな」

「まさか……柳沢様の……！」

たまらず、岡部が斬りかかろうとしたとき、シュッと棒手裏剣が飛来して、胸にグ

サリと突き刺さった。その場に崩れた岡部を薄目で眺めながら、

「止《とど》めを刺せ、雁三郎」

と命じた。

エッと驚いた岡部は喘《あえ》ぎながら、雁三郎を振り返ろうとしたが、そのまま背後から覆い被さられて、腹を掻き切られた。

「――な……なんで……おまえが……な、なんで俺が……！」

混沌とした意識の中で、岡部は前のめりにくずおれた。じんわりと血が広がってゆく。

「後は、任せたぞ……雁三郎」

低い声で念を押すと、竜蔵、お才とともに姿を消した。


その日のうちに、山田奉行が割腹して果てたという噂が、伊勢中に流れた。

しかも、遺書が残されており、

『隠し銀山の一件はすべて身共が、綾姫を人質にした上で、久居藩主藤堂高通を脅して、やらせていたことである。割腹して、お詫《わ》び致す』

と書かれていた。

万が一、山田奉行が務めを果たせぬときは、この地には古来より深く関わっている紀州から、臨時職として来る手筈になっている。それまでは、奉行所内の与力が代理を務めることとなる。

異変を聞いて駆けつけてきた正一郎は、

――しまった、遅かった……早手回しに、やられたか……。

と地団駄を踏んだ。

正一郎は藤堂高通と十兵衛を伴っていた。山田奉行に、雁三郎の不行跡を届け出るとともに、隠し掘りは、

「柳沢吉保の命令でやっていた」

と公にするためであった。だが、頼みの綱である山田奉行は自刃した。

一旦、旅籠に身を潜めた正一郎たちは、奉行所の様子を窺っていた。

「一体、これは、どういうことだ……」

愕然となる高通に、正一郎はこの際、自分と一緒に江戸まで行き、上様に直々に訴え出ようと勧めた。でないと、高通すら殺されるかもしれない。相手はもっと大きな相手だと正一郎は断じた。

「お父上!」

廊下から飛び込んできたのは、綾姫だった。お藤も一緒である。

「綾……無事でなによりだ。そなたは……」

お藤に声をかけた高通に、綾姫はてきぱきと、

「話は後です。私とお藤さんは、とんでもないものを見てしまいました……実は、私は山田奉行に捕らえられていたのです。それを、お藤さんは助けてくれました。そして、奉行所から逃げようとした矢先……」

熊木源斎が山田奉行を殺したこと、雁三郎は源斎の手下であることを伝えた。

「誰じゃ、その熊木源斎とやらは」

「柳沢吉保の放った密偵ですな」

正一郎は答えたが、その本当の狙いは何かまだ知らぬ。

「ということは……」

「さよう。藤堂様もご推察のとおり、江戸表に我らが出る前に、山田奉行と殿のせいにして、柳沢の名を出さぬよう、早手回しに処理をされたということ」

「なんと……」

「このままでは、藤堂様も分が悪い。正直に隠し銀山のことを話したところで、山田奉行の岡部とふたりで結託していたことになりましょうな」

「しかし、銀は一旦、紀州藩領に運び、そこで精錬をして、紀州船で江戸に運ぶのが常のことである」

「つまり、紀州藩も関わりあると？」

「藩が関わっているかどうかは分からぬ。ただ、紀州領内に移していたのは事実。万が一のときには、紀州徳川家のせいにすれば、お咎めはない……柳沢様はそう考えていたのかもしれぬ」

「柳沢様……はないだろう、様は」

と言いながら、ぶらり入ってきたのは、泰平と文左である。

「おう。お気楽なふたりも伊勢におったか」

「死んだはずだよ、河田どん……生きていたとは、お釈迦《しやか》様でも……か？」

泰平はすでに承知していた顔で笑った。奉行所の手代が、槍の河田にやられたと、這々《ほうほう》の体《てい》で帰ってきたのを承知していたからだ。

「それに……人を斬ったか、鳥を斬ったかくらいは分かろうというものだ。そんなことより、河田殿。たとえ、銀山を埋めたところで、此度の一件、このまま放っておくわけにはいくまい」

「おぬし、どうして、銀山を埋めることを……」

正一郎は不思議そうに見やったが、泰平はいつものように大笑いで、

「おまえの今の顔で分かった。はは。姫君も心から案じていたのだからな、藤堂高通公。あなた様は、事件の解決よりも、虚心坦懐に本当のことを、公儀に申し出るのが筋ではありませぬか？　幕閣の中にも、話が分かる者もいよう」

「貴殿は一体……」

「同時に、紀州に話をするのも策でありましょう。これは俺の勘だが、藩が絡んでいるとは到底、思えぬ」

「何故、そう思う」

「難破した船頭たちだよ。あの者たちを助けて、面倒をみていたとき……」

泰平はそのときの悲惨な状況を高通に話してから、

「抜け荷はむしろ、表向きのこと。下田の船番所でバレそうになれば、象牙などの見せかけの抜け荷を見せることで、隠し銀山のことは秘密にしておける。もし、難破したり漂着したとしても、紀州藩が関わっていると思わせることで、沿岸諸藩の探索の手も緩むであろう」

「つまり……？」

「銀で私腹を肥やしていたのは、柳沢吉保自身であろう。ただ、その証しは立てられ

ますまい。ただ、藤堂公の態度いかんで、他の幕閣を動かせましょう」

高通は自らも、すまぬと綾姫に謝って、

「愚かだった……真壁という隠密に、隠し銀山を見つけられたとき、公儀には黙っていてやるから掘り続けろと脅された……だが、それは裏で、柳沢が操っていたのだ」

「………」

「一度は、柳沢に断りの文を送ったが、『おまえは掘るだけでよい。後はこちらに任せよ。断れば、すべては久居藩の所業として、御家断絶にする』と脅されたのだ」

「その脅しの文などは……」

と泰平は訊いたが、高通は首を振って、

「ない。銀山奉行にした真壁からの伝聞だけで」

「だとすれば、柳沢にすっ惚《とぼ》けられれば、はいそれまでよ、だな」

「なるほど……」

と正一郎が口を挟んだ。

「そのために、銀山奉行として、藩に潜り込んでいた真壁も殺したか……天下泰平、どうやら、おまえの手も借りねばならぬようだな」

不敵に笑う正一郎を見て、文左とお藤も、

「そう来なくちゃッ」

と、なぜかうれしそうに手を握り合った。

九

内宮正殿に隣接する空き地は、〝古殿地《こでんち》〟という。二十年に一度、社殿が改築されるため、かつては本殿があった所である。

木立に囲まれた正殿の萱葺き屋根は重厚で、棟持柱《むなもちばしら》や空に向かう千木《ちぎ》は、まさに神が棲む神聖な所だと感じさせた。

そこに、雁三郎が現れたのは、真夜中のことだった。白衣《しろきぬ》に狩衣《かりぎぬ》と袴をまとって、長い太刀を腰に下げている。一見、神官風の装束だが、本殿に逃げ込むであろうことは容易に想像できた。

「待っていたぞ、雁三郎。よもや、自分だけが神様の掌で休むつもりではあるまいな」

木立の中から、泰平が声をかけた。

ふりかえると、雁三郎の目には、名槍「蜻蛉切」を抱えた侍も入った。正一郎である。そのさらに奥には、お藤の姿もある。

「貴様らか……ここは、素浪人が来るところではない」

槍を抱えている正一郎を見て、山田奉行から聞いた、北条を倒した奴だとすぐに分かった。太刀に手を当てながら、

「言うてやろう。おまえたちこそ、すぐに立ち去れ。でないと、神のバチが当たるぞ」

「当たるのは、どっちかな。大層な格好をしてはいるが、おまえの素性は明らか……殺されるのがオチだ」

正一郎がそう言った。

「おまえたちが金蔓《づる》にしていた銀山奉行は何もヘマをしていないのに、口封じのためだけに殺された……熊木源斎の手の者にな。山田奉行もまたしかり、に違いあるまい。おまえも同じ目にあうことになるであろう」

「…………」

「自分がやった悪事、すべて露顕させれば、命だけは助けてやる。どうだ、俺と取り引きをしないか。それが、おまえの只一つの生きる道だ」

「さあ、それはどうかな」

雁三郎がふっと余裕の笑みを洩らすと、それが合図のように近くの木陰や倉殿の裏から、十数人の神官姿が飛び出してきた。みなすでに、太刀を抜き払っている。

「俺たちは、近衛神官だ。つまり、天照大神をお守りするのが、お役目」

「ならば尚更、心を綺麗にしてはどうだ」

「しゃらくさいことを。やれ」

と雁三郎が命じると、一斉に躍りかかったが、泰平と正一郎は、たとえ偽者でも神官を斬れば、それこそ罰があると思ったのか、スタコラサッサと古市の方に向かって逃げ出した。

「追え！　追って、殺してしまえ！」

神官たちはすぐさま、命じられるままに追いかけた。残った雁三郎は、木陰で佇んでいるお藤をギラリと見やった。

「女……おまえも、あの素浪人たちの味方だったか」

「そうじゃありませんよ」

妖艶にニッコリ微笑みかけると、

「自分で言うのもなんですが、私は金に転ぶ女でしてね、うふふ……あなたしだいで、私は菩薩《ぼさつ》にも鬼にもなりますよ」

「そうか……では、こっちへ来い。望むならば、神の国に連れてってやる」

「本当ですか？」

「俺は嘘と餅《もち》はついたことがない」

「あらら、お餅は神棚に供えるものでしょうに」

色っぽい仕草で近づいたとき、すっと雁三郎は太刀を抜き払おうとした。だが、その前に、お藤の手からパッと蜘蛛《くも》の糸のような白糸が飛んできて広がった。それは、投網の要領で雁三郎の全身に絡んだ。

「な、なにをする……このアマ！」

「アマテラスとお呼び！　菩薩にでも鬼にでもなるって言ったでしょ。さしずめ今は、鬼になりたい気持ちなんだよッ」

お藤が投網の一方を近くの木に括りつけて引っ張ると、雁三郎は足を取られて、倒れてしまった。その無様な姿を高笑いで眺めてから、さらさらと油のようなものを垂らした。

「な、なんだ……!?」

「魚の脂《あぶら》ですよ。なかなか、いい匂いでしょ？」

「よ、よせ……」

「この匂いにつられて、烏《からす》があちこちから飛んで来るかもね。そしたら、あなたの体のあんなとこもこんなとこも食べるかも。目の玉や耳や鼻もね。だから、頑張ってね」

と言うなり、長居は無用とすぐさま逃げ出した。

「待て……放してくれ、おい……おい！」

雁三郎は悲痛に叫んだ。太刀を抜き払おうとしたがどうにもならず、足掻《あが》けば足掻くほど網はきつく締まるだけであった。

カアカアと鳴く声と羽ばたく音が、森の奥から近づいてきた。

十数人の神官からスタコラ逃げてきた泰平と正一郎は、古市に向かう一本道から、横手に入った。ある倉の裏に廻ったところまで来たとき、

——どすん、どすん。

と地面が抜けて、二人を追っていた神官たちが落下した。

落とし穴があったのだ。

「やった、やったア、旦那ア！　宝掘りと悪人退治。これこそ、まさに一石二鳥！」

近くの御堂の陰に潜んでいた文左が飛び出してきて、小躍りした。

落とし穴の中には、剣山のように短い竹槍が並んでおり、神官……に扮した雁三郎の手下たちが、次々と足の裏や股などを怪我して、悲鳴を上げた。

「悪く思うな。おまえたちを斬りたくなかっただけだ。心を入れ替えて、まっとうに生きてゆけ。これぞ神の情けだ」

泰平はそう言うや、落とし穴に落ちなかった者たちをも軽く突き飛ばした。

だが……。

今度は黒装束の一団が現れて、一陣の風を巻き起こした。竜蔵とお才が率いる、熊木源斎の手下たちである。

「またぞろ、源斎は顔を出さぬのか……卑怯な奴だな。陰でこそこそとやっては、ドジを踏んだ手下をすぐに殺す。その狡《ずる》さは、大親分の柳沢吉保直伝か？」

「黙れ……俺たちは、幕府のお宝を……おまえのような盗み掘りをする〝お宝人〟から、守っているだけだ」

「俺はそんなことはせぬぞ」

「言い訳無用」

竜蔵とお才が目配せをすると、泰平と正一郎をぐるりと取り囲んで、ぐるぐると廻りながら、少しずつ間合いを詰めてくる。中には鎖鎌や吹き矢などを手にしている者

もいて、渦《うず》のように廻る忍びたちの間から、

——ヒュン、ヒュン。

と凶器が飛び出してくる。一寸で見きって、かわす泰平と正一郎だが、しだいに間合いがとれないほど近づくと、忍びたちは上に跳ねたり、横合いや下から、目にも留まらぬ速さで手裏剣を投げてきた。

かろうじて避けたものの、肩や手首をかすめられた泰平を守るかのように、正一郎がブンと槍を勢いよく一振り、横なぎに走らせた。すると、二、三人の忍びが足を取られて、わずかに隙間ができた。

その一点を突破して、忍びの輪から飛び出すや、泰平は斬りかかって竜蔵の刀を弾き返し、正一郎は同じようにお才の刀を槍先で叩き落とした。

竜蔵は形相が変わって、懸命に斬りかかってくる。その太刀筋は右左、上下に変幻自在で笞《むち》のように見えた。だが、泰平の目は、それを繰り出す手首しか、狙っていなかった。わずか半歩、間合いを詰めると、

——スッ。

と音もなく、竜蔵の手首を斬った。だが、竜蔵は隠し持っていた匕首を握り締めて、ひらりと舞い上がると、泰平の脳天に打ち込んできた。しかし、ほんのわずかの

差で、竜蔵の腹が泰平の切っ先に払われた。

着地するなり、竜蔵はそのまま前のめりに倒れ伏した。

「――む、無念……」

最期の息を吐いて、匕首を握り締めたままあえなく絶命した。

それを見たお才は動揺したのか、動きが止まり、

「竜蔵……」

と憂いの目になった。まるで、女房が亭主を心配するような顔だった。その顔の前に、正一郎が槍を突きつけて、

「おまえたちも、ただ……源斎を信じていただけのことであろう。悪事を働いているという思いはなかった。違うか」

穏やかな目でそう声をかけたが、お才は無言のまま、ぐっと舌を噛んで、竜蔵の後を追って果ててしまった。

潔《いさぎよ》いというか、憐れというか――。

そのふたりの姿を見た手下たちは、蜘蛛の子を散らすように逃げた。

いつもの深閑とした森の静けさに戻った。

それから、数日後——。

藤堂高通は正一郎に伴われて、江戸に向かった。すべてを明らかにするとはいえ、柳沢吉保が、そうそう容易に企みを認めるわけがない。

一方、泰平は、伊勢での宝探しを諦めたお藤とともに、

「せっかく神様に導かれたのだから、熊野にでも行くか」

と相変わらずのぶらり旅を続けている。

もちろん、伊良湖岬から連れて来られた娘たちは、雁三郎を退治したことで、身を自由にしてやったが、貧しい村にも帰れないとのことだから、綾姫の庇護《ひご》のもと娘ばかりの伊勢うどん屋をはじめるという。繁盛させて、いずれは親兄弟を呼ぶのだと、お鈴たちは明るい笑顔を見せていた。これが後に大流行になるのだが、泰平たちは、そうとは知らない。

「おや、旦那……文左さんは、ついて来ないわねえ。あのお鈴ちゃんとかに、惚れちまったのかねえ」

「そうじゃない。まだ掘り続けてるのだ」

「落とし穴を？」

「うむ。落とし穴を作らせる口実で、金の延べ棒があるから探せと命じたが、本気で

掘り続けておる。まあ、夢があるから苦にならぬのであろう」

「本当にあるんですか？」

「あったとしても、遠い昔の話だ。深くて無理だろう。いや、戦国武将らが奪い取った後かもしれぬな。わはは」

「わはははって、そんな、可哀想に……」

そういいつつも、お藤はまったく同情していない顔だった。

「旦那。たまには、しっぽりとふたりだけで行きますか？　山の奥には誰も来ない密やかな湯だってありますよ」

「うむ。それもまた風流だな」

「ねえ、旦那……」

お藤は艶やかな流し目で泰平を見やって、

「本当は、どういうお人なんですか？　やっぱりただの〝お宝人〟や素浪人には見えないんだけれど、私」

「俺は、俺だ……誰でもない。ふはは」

行く手には黒潮の大海原と、紀州の峻険な山々が広がっていた。白い鷗《かもめ》が飛び交う岩礁が続く海岸は、どこまでも果てしなく続いているようだった。

だが、天下泰平の行く手を見守る熊木源斎の鋭い目だけが、晴れやかな空の下で、どす黒く滲《にじ》んでいた。

おかげ参り

一〇〇字書評

切り取り線

購買動機（新聞、雑誌名を記入するか、あるいは○をつけてください）	
□（	）の広告を見て
□（	）の書評を見て
□ 知人のすすめで	□ タイトルに惹かれて
□ カバーが良かったから	□ 内容が面白そうだから
□ 好きな作家だから	□ 好きな分野の本だから

・最近、最も感銘を受けた作品名をお書き下さい

・あなたのお好きな作家名をお書き下さい

・その他、ご要望がありましたらお書き下さい

住所	〒				
氏名		職業		年齢	
Eメール	※携帯には配信できません		新刊情報等のメール配信を 希望する・しない		

この本の感想を、編集部までお寄せいただけたらありがたく存じます。今後の企画の参考にさせていただきます。Eメールでも結構です。

いただいた「一〇〇字書評」は、新聞・雑誌等に紹介させていただくことがあります。その場合はお礼として特製図書カードを差し上げます。

前ページの原稿用紙に書評をお書きの上、切り取り、左記までお送り下さい。宛先の住所は不要です。

なお、ご記入いただいたお名前、ご住所等は、書評紹介の事前了解、謝礼のお届けのためだけに利用し、そのほかの目的のために利用することはありません。

〒一〇一－八七〇一
祥伝社文庫編集長　加藤　淳
電話　〇三（三二六五）二〇八〇
bunko@shodensha.co.jp

祥伝社ホームページの「ブックレビュー」からも、書き込めます。
http://www.shodensha.co.jp/bookreview/

上質のエンターテインメントを！ 珠玉のエスプリを！

祥伝社文庫は創刊十五周年を迎える二〇〇〇年を機に、ここに新たな宣言をいたします。いつの世にも変わらない価値観、つまり「豊かな心」「深い知恵」「大きな楽しみ」に満ちた作品を厳選し、次代を拓く書下ろし作品を大胆に起用し、読者の皆様の心に響く文庫を目指します。どうぞご意見、ご希望を編集部までお寄せくださるよう、お願いいたします。

二〇〇〇年一月一日 祥伝社文庫編集部

祥伝社文庫

おかげ参《まい》り 天下泰平《てんかたいへい》かぶき旅《たび》

平成二十二年十月二十日 初版第一刷発行

著者 井川香四郎《いかわこうしろう》

発行者 竹内和芳

発行所 祥伝社
東京都千代田区神田神保町三－六－五
九段尚学ビル 〒一〇一－八七〇一
電話 〇三（三二六五）二〇八一（販売部）
電話 〇三（三二六五）二〇八〇（編集部）
電話 〇三（三二六五）三六二二（業務部）
http://www.shodensha.co.jp/

印刷所 萩原印刷
製本所 ナショナル製本
カバーフォーマットデザイン 中原達治

 ISBN978-4-396-33623-3 C0193

祥伝社文庫の好評既刊

井川香四郎 **鬼縛り** 天下泰平かぶき旅

その名は天下泰平。財宝の絵図を片手に東海道を西へ。お宝探しに人助け、波瀾万丈の道中やいかに？

井川香四郎 **秘する花** 刀剣目利き 神楽坂咲花堂①

神楽坂の三日月での女の死。刀剣鑑定師・上条《かみじょう》綸太郎は女の死に疑念を抱く。綸太郎の鋭い目が真贋を見抜く！

井川香四郎 **御赦免花《ごしゃめん》** 刀剣目利き 神楽坂咲花堂②

神楽坂咲花堂に盗賊が入った。同夜、豪商も襲い主人や手代ら八名を惨殺。同一犯なのか？ 綸太郎は違和感を…。

井川香四郎 **百鬼の涙** 刀剣目利き 神楽坂咲花堂③

大店の子が神隠しに遭う事件が続出するなか、妖怪図を飾ると子供が帰ってくるという噂が。いったいなぜ？

井川香四郎 **未練坂** 刀剣目利き 神楽坂咲花堂④

剣を極めた老武士の奇妙な行動。上条綸太郎は、その行動に十五年前の悲劇の真相が隠されているのを知る。

井川香四郎 **恋芽吹《めぶ》き** 刀剣目利き 神楽坂咲花堂⑤

咲花堂に持ち込まれた童女の絵。元の持主を探す綸太郎を尾行する浪人の影。やがてその侍が殺されて…。

祥伝社文庫の好評既刊

井川香四郎
あわせ鏡　刀剣目利き　神楽坂咲花堂⑥

出会い頭に女とぶつかり、瀬戸黒の名器を割ってしまった咲花堂の番頭峰吉。それから不思議な因縁が…。

井川香四郎
千年の桜　刀剣目利き　神楽坂咲花堂⑦

笛の音に導かれて咲花堂を訪れた娘はある若者と出会った…。人の世のはかなさと宿縁を描く上条綸太郎事件帖。

井川香四郎
閻魔の刀　刀剣目利き　神楽坂咲花堂⑧

「法で裁けぬ者は閻魔が裁く」閻魔裁きの正体、そして綸太郎に突きつけられる血の因縁とは？

井川香四郎
写し絵　刀剣目利き　神楽坂咲花堂⑨

名品の壺に、なぜ偽の鑑定書が？　上条綸太郎は、事件の裏に香取藩の重大な機密が隠されていることを見抜く！

井川香四郎
鬼神の一刀　刀剣目利き　神楽坂咲花堂⑩

辻斬りの得物は上条家三種の神器の一つ、〝宝刀・小烏丸〟では？　綸太郎と老中の攻防の行方は…。

今井絵美子
夢おくり　便り屋お葉日月抄

「おかっしゃい」持ち前の俠な心意気で邪な思惑を蹴散らした元芸者・お葉。だが、そこに新たな騒動が！

祥伝社文庫　今月の新刊

小路幸也　**うたうひと**
誰もが持つその人だけの歌を温かく紡いだ物語。

蒼井上鷹　**出られない五人**
秘密と誤解が絡まり、予測不能の密室エンターテインメント！

森村誠一　**殺人の詩集**
死んだ人気俳優の傍らに落ちていた小説を巡る過去と因縁。

南　英男　**はぐれ捜査**　警視庁特命遊撃班
はみ出し刑事と女性警視の違法すれすれの捜査行！

西川　司　**刑事の殺意**
同期の無念を晴らすため残された刑事人生を捧ぐ…。

小杉健治　**仇返し**　風烈廻り与力・青柳剣一郎
付け火の真相を追う父と、二年ぶりに江戸に戻る子に迫る危機！

岳　真也　**本所ゆうれい橋**　湯屋守り源三郎捕物控
一ツ目橋に出る幽霊の噂…。陰謀を嗅ぎ取った源三郎は⁉

辻堂　魁　**帰り船**　風の市兵衛
瞬く間に第三弾！　深い読み心地を与えてくれる絆のドラマ。

睦月影郎　**のぞき見指南**
丸窓の障子から見えた神も恐れぬ妖しき光景―。

井川香四郎　**おかげ参り**　天下泰平かぶき旅
お宝探しに人助け、痛快人情道中記、第二弾。

芦川淳一　**お助け長屋**　曲斬り陣九郎
傷つき、追われる若侍を匿い、貧乏長屋の面々が一肌脱ぐ！

加治将一　**舞い降りた天皇(上・下)**　初代天皇「X」は、どこから来たのか
天孫降臨を発明した者の正体、卑弥呼の墓の場所を暴く！